14 avril 2002

La collection
ROMANICHELS
est dirigée par
André Vanasse

De la même auteure

Claudette Charbonneau-Tissot, *Contes pour hydrocéphales adultes*, Montréal, Éditions Pierre Tisseyre, 1974.

Claudette Charbonneau-Tissot, *La contrainte* (nouvelles), Montréal, Éditions Pierre Tisseyre, 1974.

Aude, *Les petites boîtes*, 2 tomes (contes pour enfants), Montréal, Éditions Paulines et Arnaud, 1983.

Aude, *L'assembleur* (roman), Montréal, Éditions Pierre Tisseyre, 1985.

Aude, *Banc de brume ou Les aventures de la petite fille que l'on croyait partie avec l'eau du bain* (nouvelles), Montréal, Éditions du Roseau, coll. « Garamond », 1987.

Aude, *Cet imperceptible mouvement* (nouvelles), Montréal, XYZ éditeur, coll. « Romanichels », 1997, Prix littéraire du Gouverneur général du Conseil des Arts du Canada 1997. Réédité dans la collection « Romanichels poche », 1997.

Aude, *La chaise au fond de l'œil* (roman), Montréal, XYZ éditeur, coll. « Romanichels poche », 1997.

Aude, *L'enfant migrateur* (roman), Montréal, XYZ éditeur, coll. « Romanichels », 1998, Grand Prix des lectrices de *Elle Québec* 1999. Réédité dans la collection « Romanichels poche », 1999.

Aude, *L'homme au complet* (roman), Montréal, XYZ éditeur, coll. « Romanichels », 1999.

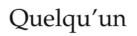

Quelqu'un

La publication de cet ouvrage a été rendue possible grâce à l'aide financière du ministère du Patrimoine canadien par l'entremise du Programme d'aide au développement de l'industrie à l'édition (PADIÉ), du Conseil des Arts du Canada (CAC), du ministère de la Culture et des Communications du Québec (MCCQ) et de la Société de développement des entreprises culturelles (SODEC).

© 2002
XYZ éditeur
1781, rue Saint-Hubert
Montréal (Québec)
H2L 3Z1
Téléphone : 514.525.21.70
Télécopieur : 514.525.75.37
Courriel : xyzed@mlink.net
Site Internet : www.xyzedit.com

et

Aude

Dépôt légal : 1er trimestre 2002
Bibliothèque nationale du Canada
Bibliothèque nationale du Québec
ISBN 2-89261-329-9

Distribution en librairie :
Au Canada :
Dimedia inc.
539, boulevard Lebeau
Ville Saint-Laurent (Québec)
H4N 1S2
Téléphone : 514.336.39.41
Télécopieur : 514.331.39.16
Courriel : general@dimedia.qc.ca

En Europe :
D.E.Q.
30, rue Gay-Lussac
75005 Paris, France
Téléphone : 1.43.54.49.02
Télécopieur : 1.43.54.39.15
Courriel : liquebec@noos.fr

Conception typographique et montage : Édiscript enr.
Maquette de la couverture : Zirval Design
Illustration de la couverture : Aude, huile sur toile, d'après *Nu assis*, 1916, de Amedeo Modigliani.
Illustration des pages de garde : détail de la page couverture
Photographie de l'auteure : Christian Desjardins

Aude

Quelqu'un

roman

XYZ
éditeur
Romanichels

L'auteure tient à remercier le Conseil des Arts du Canada pour son soutien financier.

À toutes celles et à tous ceux que j'aime.

À Denise, ma sœur, et à Jean-Guy, mon frère,
trop tôt disparus.

À Danielle, emmurée vivante
dans son propre corps.

Chaque homme porte la forme entière
de l'humaine condition.

MONTAIGNE

Première partie

J'en suis venu à croire que c'est la chair
seule qui compte.
Dans les replis secrets du corps, je
cherche la pierre philosophale.
Car c'est l'emplacement exact de l'âme
qui est l'objet de ma quête.

RICHARD SELZER,
La chair et le couteau
Confessions d'un chirurgien

Chapitre 1

Elle s'appelle Jeanne.

C'est épinglé sur sa blouse verte. Dr Jeanne Deblois. Une consigne pour faciliter l'identification. Comme si elle pouvait oublier son nom ou ne pouvait le dire à qui le lui demanderait.

Chaque fois qu'elle vient s'asseoir dans ce solarium, supposément pour prendre un instant de répit dans ce lieu à l'écart de la vie trépidante de l'hôpital, c'est uniquement à cause de cette femme qu'on amène ici tous les matins et qu'on ne ramène à sa chambre que vers les dix-neuf heures.

Jeanne Deblois ne travaille pas dans cette unité. Au début, elle ne venait que de temps à autre, lorsqu'elle sortait du bloc opératoire ou après sa tournée au cinquième. Maintenant, elle y vient presque tous les matins de la semaine et elle y revient parfois à d'autres moments de la journée.

Peu de gens s'aventurent dans cette aile ouest du dernier étage de l'hôpital. À moins d'y être obligés. Ce que personne ne souhaite. Les gens préfèrent non seulement éviter cette unité, mais faire comme si elle n'existait pas.

Ceux qui y travaillent sont aussi frappés de tabou. Comme s'ils étaient du mauvais côté des choses. Symbole de l'impuissance de la médecine, de la science et des soignants. Manifestation tangible de la défaite. De l'échec.

Partout dans cet hôpital, on lutte férocement pour préserver la vie, à coups de bistouri, de perfusions, de transfusions sanguines, de médications savantes, d'antibiotiques, de protocoles puissants de chimiothérapie, d'ablations, d'amputations, de greffes, de transplantations, de stimulateurs cardiaques, de réanimateurs. Tout cela, assisté par des machines hautement sophistiquées capables de traquer le Mal, de le débusquer, pour l'irradier, l'éradiquer.

Sauf dans l'aile ouest du sixième étage où la règle, pour le personnel, est de laisser ce Mal tout envahir, tout saccager, jusqu'à plus rien, sans intervenir. Où la règle, pour les patients, est de consentir à cette dévastation, à cet anéantissement.

Jeanne ne vient ici qu'à cause de la femme immobile et muette qui s'y trouve, séquestrée dans cette unité comme dans un tombeau, dans son corps comme dans un sarcophage.

Quand la journée commence, on pousse la chaise dans la pièce et on place la femme non pas en tenant compte de la vue qu'elle pourrait avoir sur la rivière ou sur les arbres, mais pour que sa présence ne soit pas gênante, à tous points de vue. Parce qu'il n'y a pas que sa chaise qui soit encombrante. La simple vue de cette femme et son silence dérangent.

Un jour, Jeanne a déplacé la chaise de la femme pour qu'elle soit juste devant une fenêtre d'où l'on voit le pont et l'eau légèrement tourbillonnante dessous. Elle n'a pas osé jeter un regard sur son visage. Ni lui parler. Elle est arrivée par-derrière, elle a déplacé la chaise et elle est allée se rasseoir plus loin.

Depuis trois semaines, elle refait cela tous les jours, de la même façon, lui donnant tantôt le boisé à contempler, tantôt la piste cyclable ou le va-et-vient de la ville, tantôt la rivière ou le parc.

Elle va le faire encore aujourd'hui. Elle vient de terminer son café en observant le jeu du soleil dans le feuillage d'automne. Ce matin, elle a décidé d'offrir les arbres à la femme inerte, pour qu'elle puisse suivre la course flamboyante de la lumière dans le jaune éclatant des feuilles, tout au long des heures.

Jeanne se lève et s'approche sans bruit de la grande chaise bleue. Ses mains vont atteindre les poignées lorsque la femme assise pousse un grognement sourd, semblable à ceux qu'elle émet parfois quand elle s'étouffe, mais plus compact, plus âpre. Comme celui d'une bête qui se rebiffe.

Jeanne se fige. Peut-être cette femme, à qui elle croit faire plaisir, lui manifeste-t-elle son désaccord, de la seule façon qui lui soit encore possible ?

Décontenancée, Jeanne décide de s'en aller et elle se dirige vers la porte.

Un autre grognement suit, court, massif, brutal, où l'effort est flagrant, la volonté indéniable.

Jeanne s'immobilise. Elle ne s'attendait pas à cela, à cette interpellation nette, à cette interaction. Elle se croyait seule à pouvoir agir. Elle contrôlait le contact, convaincue non seulement de la légitimité de son geste et de l'impossibilité de faire autrement, mais aussi de sa propre bienveillance.

Or, jusqu'ici, Jeanne est venue épier cette femme impudemment, à sa guise, en se plaçant toujours à un endroit où l'autre ne pouvait pas poser son regard sur elle, rencontrer le sien. Jeanne déplaçait la chaise bleue sans jamais demander l'avis de la femme qui l'occupait, sans même la prévenir d'un geste, d'un sourire, d'un mot, encore moins d'un regard qui l'aurait engagée, d'une certaine manière.

Jeanne est incapable de poursuivre sa route comme si elle n'avait rien entendu. Elle aimerait pourtant le faire. S'esquiver en douce. L'autre n'y pourrait rien.

Au lieu de cela, elle revient lentement sur ses pas. Et, pour la première fois, elle se place devant la femme.

Le regard de celle-ci est chargé d'une telle véhémence que Jeanne détourne la tête, un instant, soudain désemparée, déroutée.

Quand le contact visuel se rétablit, l'autre, d'un simple mouvement des yeux, la somme de s'asseoir dans le fauteuil en face d'elle.

Jeanne s'assoit. Et reste là. Muette. À se laisser regarder.

Elle essuie du revers de la main les larmes qui se sont mises à couler malgré elle sur son visage. Elle renifle. Cherche un mouchoir qu'elle ne trouve pas.

De temps à autre, elle jette un bref coup d'œil sur la femme qui la regarde. Essaye de comprendre ce regard énigmatique posé sur elle, où elle sent une détermination pleine de colère, mais tant d'autres choses aussi, indéchiffrables.

Le temps s'est arrêté. Jeanne ne peut pas se dérober.

Son front est couvert de sueur. Son regard fuit. Elle tente sans succès de respirer calmement, de ne pas trop bouger, de se détendre, de penser à autre chose qu'à cet insidieux supplice qui lui est imposé, le même qu'elle a fait subir à cette femme, depuis des semaines, sans en avoir conscience.

Jeanne a honte.

Ce n'est que lorsqu'elle s'aperçoit que la femme devant elle a fermé les paupières depuis un bon moment, et qu'elle ne les rouvre pas, qu'elle se sent enfin autorisée à partir.

Jeanne quitte alors son fauteuil et s'en va rapidement sans se retourner.

Chapitre 2

Quand le bruit des pas de Jeanne s'efface au loin, Magali, la femme immobile, ouvre les yeux.

Le paysage ne sera pas très beau aujourd'hui. Il n'y aura, devant elle, pendant des heures, qu'une fenêtre au store horizontal mal tiré, de biais au milieu du champ de vision donnant sur une partie du stationnement. Elle l'aura voulu. Elle ne regrette rien. Elle n'aura qu'à fermer les paupières pour retrouver la femme qui était là, il y a un instant, devant elle.

Elle a trente-six ans. Elle a fait ses études en arts visuels.

Son condo, au centre-ville, a été vendu un an après son entrée aux soins palliatifs. Florence, son amie, allait y dormir quand elle venait la voir.

Magali a cependant tenu à conserver son grand atelier dans l'est de la ville. Elle sait qu'elle n'y retournera jamais, mais elle a exigé, dans son mandat d'inaptitude, qu'on le garde intact, jusqu'à sa mort.

Quelquefois encore, elle s'y rend, dans sa tête. Elle n'y fait rien, le temps des projets est révolu. Si elle se concentre bien, elle en retrouve l'odeur exacte, la lumière à différents moments du jour et de la nuit, les bruits.

C'est là qu'elle aimerait mourir, entourée des grandes statues qu'elle a fait naître et qu'elle a groupées un peu partout en tableaux vivants. Au milieu de ses toiles, de ses figurines d'argile rouge, de tout son matériel d'artiste, de ses outils, de ses livres d'art.

Elle s'appelle Magali. Elle se souvient de son prénom, mais elle ne peut plus le dire à ceux qui voudraient le connaître ou le rappeler à qui ne s'en soucie plus.

Au début, ici, on l'appelait Mme Coulombe. On se contente maintenant de dire la Six.

En fait, elle n'est plus personne. Elle est une longue chaise bleue qu'on déplace et sur laquelle il y a un corps mort qui refuse obstinément de se putréfier.

Un cas lourd. Qu'il faut transférer du lit à la chaise et de la chaise au lit avec des harnais et des sangles suspendus à des tiges de métal accrochées au plafond. Un corps maigre, décharné, à cause de la sous-alimentation, mais qui n'en a pas l'air parce que les liquides lymphatiques ont tout envahi pour redonner aux chairs des galbes factices. Un corps étrange, à la peau lisse et nacrée. De la cire bleutée. Un corps lourd, tout de même, à cause de l'inertie qui l'attire résolument vers la terre sans que, toutefois, il ne consente jamais à s'y laisser ensevelir, comme le font plus décemment les autres corps morts.

Rien ne bouge en elle. Sauf les paupières et les yeux. Tout le reste s'est pétrifié. Minéralisé.

Elle est de pierre. Sauf le cerveau, qui est resté et restera intact jusqu'à la fin du temps. Le sien. Torture d'un raffinement sublime.

Une conscience emmurée dans un corps qui a décidé de faire sauter progressivement tous ses ponts neurochimiques, qui a coulé du plomb dans chacun de ses membres, momifié son abdomen et son thorax, garrotté sa gorge, solidifié à jamais son visage dans une indéfinissable expression qui, en fait, est une absence totale d'expression.

Chapitre 3

La Six suffoque. S'étouffe. Essaie de tousser. À sa manière, qui ne ressemble à rien. Un son guttural qui bloque dans la glotte rétrécie, aux parois rigidifiées, où s'accumulent soudain l'air, la salive et les mucosités. Le diaphragme n'arrive plus à donner la petite impulsion nécessaire à la simple inspiration.

C'est la nuit. Magali est seule dans sa chambre.

Au poste de garde, on vient de l'entendre.

On s'attend toujours à ce que la Six s'étouffe, surtout lorsqu'elle est couchée.

On se lève et on s'approche sans bruit de sa porte. On reste dans le couloir, le dos collé au mur. On respire tout bas.

On attend.

Le bruit saccadé, chaotique, cesse enfin. Totalement. Cela prend toujours un bon moment.

Le silence revient. Différent.

On ne bouge pas. On ne va pas voir. On attend encore. La mort ne s'installe pas rapidement, il faut lui laisser le temps.

À présent, l'air ne doit plus parvenir aux poumons de la Six, mais ses yeux doivent être grands ouverts, dans un dernier appel. Ses paupières doivent s'efforcer de battre, dans un dernier cri.

On ne doit pas encore entrer. Le travail n'est pas achevé. Si on entrait, on serait aussitôt happé par ce regard supplicié, suppliant. C'est arrivé plusieurs fois avant. Et c'est insoutenable. Terrassant. Mieux vaut rester dehors.

On veut que la Six meure, depuis longtemps.

Ceux qui sont amenés ici ne restent que quelques jours. Au pire, quelques semaines. Après, ils tirent leur révérence, pas toujours élégamment, mais ils ont au moins la politesse de partir dans les délais prescrits.

Pas la Six. Elle est là depuis plus d'un an et demi. On dit maintenant qu'elle aurait dû être placée à l'unité des soins prolongés. On ne pouvait pas prévoir. Dans le pronostic de cette maladie, un tel sursis n'est pas dans l'ordre des choses.

Quand elle est entrée, on la croyait réellement sur le point de mourir. Chaque jour, elle est encore sur le point de mourir, de façon chronique.

Une manière de vivre importune, presque insolente, pour l'entourage. Que Magali a choisie, en quelque sorte.

À ce moment, elle parlait encore, quoique très bas et d'une voix rauque. Elle pouvait remuer un peu les mains, les doigts, la tête. Elle pouvait aussi écrire sur un petit clavier. Quand elle en avait la force, elle dessinait même, à la sanguine, sur une tablette qu'on plaçait à sa droite, à plat sur le lit. Mais elle s'étranglait de plus en plus souvent en ingurgitant des bouillons, des potages, des suppléments alimentaires en purée et de la nourriture pour bébés. Ou simplement en cherchant à avaler sa salive. Elle avait faim à en pleurer et, à tout moment, elle manquait d'air, comme si elle se noyait au ralenti.

Jusqu'ici, le comble de l'horreur avait été que Magali avait assisté, impuissante, à la paralysie progressive de son corps, comme si, sous ses propres yeux, un trocart avait aspiré très lentement tout le contenu de ses membres, de son ventre, de sa poitrine, pour ne lui laisser qu'un corps inerte et vide.

Or, à présent, cette étape se révélait n'avoir été que le prélude, sordide, à la véritable horreur : Magali allait mourir très bientôt, par asphyxie, parfaitement consciente de ce qui lui arriverait.

Si rien n'était fait pour l'éviter. Ou, à tout le moins, pour surseoir.

On pouvait aider Magali à respirer et à se nourrir. C'était possible. Facilement. Il suffisait de deux interventions chirurgicales mineures : une trachéotomie pour la relier à un respirateur et une gastrostomie pour la nourrir directement dans l'estomac à l'aide d'une sonde.

Ainsi, elle pourrait vivre encore longtemps et assister, avec de la chance, à l'atrophie totale de ses muscles, à l'ulcération et à la nécrose de tous les points de contact de son corps avec le lit, l'oreiller ou la chaise, à la paralysie achevée de ses mains, de ses doigts, de son cou, de ses cordes vocales, de sa langue et même de ses lèvres, à son aphonie complète, à la souffrance effroyable de ses proches, à leur éloignement progressif, à leur abandon.

Les médecins, qui connaissaient les conséquences d'un tel prolongement, avaient quand même proposé à Magali les deux interventions. Parce que, lorsqu'il est évident qu'on dispose de telles possibilités, ne pas les offrir peut sembler inhumain.

Magali avait refusé. De façon claire et nette. Sans aucune ambivalence. La torture avait suffisamment duré pour elle et pour les autres.

Sa décision, d'une certaine manière, avait soulagé tout le monde. Personne n'avait eu à avouer tout haut qu'il préférait que Magali meure le plus tôt possible, même par asphyxie et en pleine conscience, plutôt que de la voir franchir une à une toutes les limites de l'inconcevable et de l'atrocité.

Magali savait pertinemment, en faisant ce choix, en refusant la trachéotomie et la gastrostomie, qu'elle renonçait du même coup à toute autre forme d'actions susceptibles d'interférer avec le déroulement naturel et fatal de la maladie.

Ce qui voulait dire : plus de solutés d'appoint pour l'hydrater et pallier les déficiences de plus en plus considérables de son alimentation, plus d'oxygénation périodique pour éviter l'empoisonnement de son sang et le bleuissement de sa peau, plus d'aspiration de la salive et des mucosités dans les moments d'étouffement.

Ne restaient que les soins palliatifs destinés uniquement à assurer son confort en attendant qu'elle soit définitivement étranglée.

Ce qui voulait dire, pour les soignants de l'unité où on l'avait alors admise, faire sa toilette, enduire son corps d'huile d'amande douce et d'hamamélis, veiller aux soins délicats de sa bouche, appliquer un baume onctueux sur ses lèvres ; la faire passer du lit à la chaise pour qu'elle puisse profiter du grand solarium nouvellement aménagé ; tenter de lui faire avaler à la cuillère plusieurs gorgées de bouillon, de suppléments alimentaires liquides et d'eau sucrée par jour ; changer les pansements de ses plaies de lit de plus en plus ulcérées ; chercher à répétition sur tout son corps une nouvelle veine dans laquelle on pouvait, avant qu'elle n'éclate ou ne se nécrose à son tour, installer un papillon microperfuseur pour lui injecter les médicaments prescrits. La préparer chaque jour, psychologiquement et spirituellement, à mourir. Soutenir ses proches, les préparer à sa fin imminente. Être auprès d'elle quand elle serait sur le point de trépasser et avoir recours sans tarder au protocole de détresse. Reprendre le même scénario quelques jours plus tard. Puis, à de multiples reprises. Lui en vouloir de ne pas mourir. Commencer à s'impatienter. Redouter de se voir attribuer la Six pendant son service. Se détacher peu à peu d'elle, ne plus la regarder en face, ne plus prendre le temps ni se donner la peine de chercher à entrer en contact avec elle. Déclarer que, de toutes façons, elle ne ressent plus rien à cause des calmants. Augmenter parfois ces doses, indûment, en espérant la délivrer et se délivrer du Mal.

Tout cela non par cruauté ou barbarie, mais parce qu'il y a des seuils de tolérance qu'on ne peut franchir sans y laisser sa raison et son âme, malgré la meilleure volonté du monde.

L'impuissance, devant l'horreur qui s'éternise, finit par rendre fou.

Et la moribonde dont on a la charge devient, sans qu'on s'en aperçoive, le miroir de sa propre déchéance possible et de sa mort assurée.

À la longue, si l'on ne peut fuir, on se met lentement à sécréter une cuirasse d'indifférence pour ne plus être touché, ébranlé dans ses fondements mêmes, aspiré par la violence d'un malheur si démesuré et, surtout, si durable.

Non seulement Magali ne meurt pas, même si elle est en état d'asphyxie quasi permanent, mais, depuis plus d'un mois, on dirait qu'elle a décidé de chercher des aménagements puisqu'elle semble devoir rester à demeure dans l'agonie.

Les ulcères de ses plaies de lit ont commencé à se cicatriser très lentement. Comme si son corps avait décidé de colmater ses brèches pour garder la vie dedans. Sa respiration, entre les crises, est toujours aussi courte, mais elle est plus régulière. Elle a trouvé son rythme dans le chaos. Le bleu de sa peau devient plus laiteux. Sa salive est beaucoup moins abondante et elle ne brûle plus ses lèvres, son menton et son cou avant d'être absorbée par le bavoir. Son

corps est moins crispé dans son inertie. Il n'est plus nécessaire de mettre des débarbouillettes roulées dans la paume
de ses mains pour qu'elle ne s'écorche pas avec les ongles
de ses doigts repliés avec trop de force.

On ne s'explique pas ces changements. Sauf pour les
escarres, sur lesquelles on applique, depuis quelque temps,
une crème expérimentale destinée aux grands brûlés.

On ne peut se réjouir de toutes ces améliorations. Pas
dans cette unité où la norme est plutôt la progression
inéluctable de la détérioration devant conduire à la destruction totale. La Six n'a pas le droit de s'installer plus
confortablement dans l'antichambre de la mort pour pouvoir y rester plus longtemps.

Il y a déjà tant de désespoir ici. Tant de tâches physi-
ques et morales à accomplir auprès de ceux qui arrivent
dans cette unité de soins palliatifs presque entièrement
dévorés par le cancer ou quelque autre monstre horrifiant,
avec, dans leur petite valise, la certitude absolue qu'ils ne
sortiront pas vivants de ce lieu. Auprès de ceux qui les
aiment, aussi, et qui vont les voir lentement fondre sous
leurs yeux, jusqu'à ce qu'il ne reste plus sur le lit qu'une
frêle image de la personne aimée. Puis, plus rien. Qu'un
souvenir douloureux dans leur cœur.

C'est épuisant. On se consacre à ces tâches avec ferveur
auprès de chacun d'eux. Quelques jours. Au pire, quelques
semaines. Davantage, c'est inhumain.

Il faut savoir partir.

Dans le couloir, on attend que la Six meure tout à fait,
une fois pour toutes.

Si l'on entrait trop tôt dans cette chambre, un seul
regard suffirait à redonner d'un seul coup toute son humanité à la Six. Et à soi.

Ce qui ne servirait à rien. Le désarroi est déjà à son
comble. On se sent si totalement désarmé devant ce corps

où la mort n'arrive pas à achever proprement son travail. Où tout est bavure, ratage et lent massacre.

Comme devant un cheval qu'on n'arriverait pas à abattre pour mettre fin à sa souffrance. Et qui nous regarderait, après chaque coup raté, de ses yeux effarés.

Ce martyre doit finir. Pour tout le monde.

On attend. Tout le monde attend. Même ceux qui ne sont pas là, qui ont aimé Magali et qui l'aiment encore, très certainement, attendent aussi, avec les soignants, adossés au mur, dans le couloir de la mort.

Lorsqu'on se décide enfin à entrer dans la chambre, on allume tout d'abord le plafonnier. Sa lumière crue rassure immanquablement.

Le corps est parfaitement immobile. Comme toujours. Ce n'est pas un indice. Les paupières sont closes, humides de larmes qu'on a cru, plusieurs fois auparavant, faire partie des ultimes excrétions. Ce qui n'était pas le cas.

Ces derniers temps, on a vu plus souvent des larmes glisser sur le visage de cire. Un problème des glandes lacrymales, lié à l'avancée de la maladie. Rien de plus. On ne croit pas que la Six puisse encore vraiment pleurer.

Or, elle le fait, en ce moment.

On prend son pouls.

Magali est toujours là.

Elle a baissé les paupières pour ne pas voir la déception mêlée de honte dans le regard de ceux qui sont entrés dans sa chambre, après avoir attendu dans le couloir.

Chapitre 4

La moto a dérapé sur la chaussée mouillée, dans une courbe, à haute vitesse. Le jeune conducteur a été projeté d'un coup dans l'espace-temps et s'est retrouvé sur cette civière dans le service de traumatologie où Jeanne est de garde cette nuit. Il a repris conscience un court moment, mais il ne se rappelait ni son nom, ni le jour, ni le mois.

La colonne vertébrale semble intacte.

Le crâne est fracturé. Un fragment de l'os temporal gauche, de la grandeur d'une coquille d'huître, est légèrement enfoncé et mobile sous le cuir chevelu fendu à cet endroit. On ne ferme pas la coupure. Le sang qui s'en échappe en un très mince filet évite ainsi la compression du cerveau par la formation d'un hématome et la destruction de précieuses cellules, si ce n'est déjà fait. Le neurochirurgien s'en occupera. Plus tard.

On s'occupera aussi plus tard de la fracture ouverte de la jambe gauche à laquelle on a fait un pansement compressif et qu'on immobilise rapidement sur une éclisse.

C'est l'abdomen rigide et dur qui absorbe toute l'attention de Jeanne qui lance quelques ordres brefs et précis.

Elle est déjà en route pour le bloc opératoire.

Jeanne a longtemps aimé et recherché ces situations de stress extrême où, en un éclair, les décharges d'adrénaline la survoltent et décuplent ses forces et sa vivacité d'esprit.

Dès le premier examen, par la seule observation des signes extérieurs, elle doit établir les priorités, les bonnes, et passer à l'action. Ce qui attire l'attention, parfois de façon spectaculaire, n'est pas toujours la véritable menace. Le plus dangereux est souvent caché. Comme dans cet abdomen blindé.

À présent, Jeanne préfère les interventions prévues à ces situations d'urgence. Elle ne travaille plus en traumatologie qu'à l'occasion, pour remplacer des confrères partis en congrès ou en vacances, ou quand il y a surcharge.

Jeanne a quarante-trois ans. Elle n'a pas trouvé ce qu'elle cherchait. Elle ne croit plus pouvoir le trouver.

Elle continue quand même à opérer parce que c'est utile, nécessaire. Et qu'elle le fait bien. Mais aussi parce qu'elle éprouve encore une impression profondément troublante chaque fois que, comme maintenant, après le long rituel purificatoire, elle se retrouve près de la table d'opération, son scalpel suspendu à quelques millimètres d'un corps vivant.

À l'instant où, d'un geste sûr et précis, elle fend la peau et ouvre la chair, elle ne peut s'empêcher de se sentir sacrilège. Elle ose pénétrer l'impénétrable, l'enceinte sacrée où la vie est enclose, pour y plonger les mains comme dans un cérémonial sacrificiel.

Cette fois, sitôt que sa lame incise le péritoine, le sang gicle avec force.

Tout est noyé dans la marée sanglante. On aspire le sang pendant que Jeanne retire avec ses mains de gros caillots gélatineux avant de se mettre à explorer de ses doigts, en aveugle, les organes complètement submergés. Elle repère presque aussitôt la cause de l'hémorragie. La rate a éclaté sous le choc. Il lui faut maintenant chercher, au hasard, sans rien voir, l'artère splénique dans tout ce rouge et refermer le clamp sur elle au plus vite. Mais ce n'est que bouillie dans cette zone ravagée.

Dans la salle, on entend le bruit des machines, celui des instruments métalliques qui s'entrechoquent et les mots lancés sans arrêt, concis, exacts, dépouillés de toute émotion, même si elle s'accumule en masses dans le ventre de chaque personne debout autour de cette table, prête à déferler à la moindre occasion. Mais ce n'est pas le moment de s'ouvrir. Tout le monde le sait.

Parce qu'il est clair que, même si Jeanne a localisé le site de l'hémorragie, même si elle exerce une forte pression de la main pour en juguler la source, en attendant d'y voir un peu plus clair, la tension du jeune homme de dix-neuf ans est en chute libre, car les transfusions forcées n'arrivent pas à lui redonner le volume de sang dont il a besoin, tout de suite, pour survivre.

Les machines s'affolent. À deux mains, tout le haut du corps penché au-dessus du ventre béant, Jeanne appuie de toutes ses forces pour compresser plus solidement l'artère qu'elle ne peut voir ni toucher.

Le sang cesse enfin d'affluer dans l'abdomen bourré de compresses de gaze qu'on retire, gorgées de sang, pour en remettre d'autres aussitôt, depuis le début.

Les organes émergent peu à peu. Mais Jeanne sait que si elle relâche le moindrement la pression de ses mains, ils seront vite réengloutis.

Il faut d'abord que le volume du sang se rétablisse, que le rythme cardiaque se régularise, que la tension grimpe, avant de poursuivre.

Mais il n'y aura pas de suite.

Le moniteur sonne l'alarme. À l'écran, la ligne du cœur ne danse plus, même de façon anarchique. Elle défile, rectiligne.

Et malgré toutes les tentatives, l'électrocardiogramme reste plat.

La mort est dans cette salle, sur cette table, dans ce jeune corps éventré. Chacun sent son odeur fauve.

On se tait en faisant les derniers gestes qui s'imposent ici.

Jeanne s'éloigne de la table. Elle retire ses gants de latex souillés qui claquent dans le silence. Les machines se sont tues.

Il lui reste autre chose à faire, d'effroyable. Ailleurs.

On n'a réussi à joindre que la mère du jeune motocycliste. Elle est dans une salle d'attente, quelque part où il n'y a personne d'autre à cette heure.

Chapitre 5

Le reste de la nuit a été relativement tranquille.
Jeanne est étendue dans la petite chambre réservée au chirurgien de garde.

Elle voit l'aube repousser lentement les ténèbres. Sa tête est vide. Et elle ne ressent rien.

Son esprit a bloqué les circuits comme chaque fois qu'elle a rencontré la mort dans un corps vivant qu'elle venait d'ouvrir.

Comme chaque fois qu'elle a dû, ensuite, annoncer cela aux proches, c'est-à-dire qu'il n'y avait plus personne dans ce corps aimé.

Comme chaque fois qu'elle a vu, aussitôt, la douleur surgir d'un bloc en eux, comme si elle les amputait à froid.

Jeanne finit par s'enfoncer dans un sommeil corrompu par un rêve où elle laisse échapper quelque chose, elle ne sait quoi, qu'elle doit absolument retenir. C'est moelleux, informe, ondoyant dans ses mains. Pourtant, quand cela tombe et atteint le plancher, elle entend le son cristallin d'une ampoule qui se brise. Elle voudrait voir, regarder, mais on a cousu ses paupières. Le rêve se répète, à l'infini.

Au réveil, elle est épuisée. Elle se douche et se prépare pour sa tournée au cinquième.

Tout lui semble absurde et vide. Son travail, sa vie. La vie.

Avant d'entrer dans chacune des chambres, elle doit se ressaisir, respirer profondément, redresser les épaules, prendre son air assuré.

Elle ne parle pas beaucoup, ce matin. Elle se limite au strict nécessaire. Et elle coupe court aux jérémiades de ceux qui, sans être atteints gravement et sans avoir subi une chirurgie importante, voudraient étaler tous leurs malheurs sous ses yeux, comme si elle y pouvait quelque chose.

Jeanne n'opère pas cet après-midi. Après sa tournée, elle sera libre.

Elle pourrait aller s'entraîner, nager, marcher en montagne ou faire du patin à roulettes, des heures durant, comme elle le fait fréquemment pour se libérer du stress, faire taire ses pensées et garder son corps au maximum de sa forme. Elle n'en a pas le courage aujourd'hui.

Elle ne veut pas rentrer chez elle non plus. Lorsqu'elle est dans cet état, elle s'enfonce encore plus quand elle s'emmure dans son appartement. Même les livres ne lui seraient d'aucun secours en ce moment.

Au poste de garde, elle ajoute des notes dans les dossiers, réajuste les prescriptions. Le Dr Luc Arsenault, son meilleur ami, pose la main sur son épaule et lui glisse quelques mots au sujet de ce qui s'est passé la nuit dernière. Il est de ceux qui savent, dont l'expérience a rompu la vanité et fauché les illusions de toute-puissance. Il est aussi le seul homme que Jeanne ait aimé.

Jeanne lui touche la main en retour et baisse la tête, la gorge nouée. Elle ne pleurera pas. Elle ne pleure pour ainsi dire jamais, même seule.

La semaine dernière, quand elle l'a fait devant la femme atteinte de sclérose latérale amyotrophique, c'était inopiné. Elle ne sait pas ce qui l'a prise. Elle n'avait aucune raison.

Elle n'est pas retournée voir cette femme.

Chapitre 6

Jeanne monte les escaliers, mais elle s'arrête sur le palier et elle s'accoude à l'appui de la fenêtre.

Elle n'est pas du tout certaine que ce soit une bonne idée d'aller dans l'aile ouest du sixième étage maintenant. Elle se sent vulnérable.

Pourtant, revoir la femme immobile est la seule chose dont elle ait envie en ce moment.

Parce que cette femme, qu'elle croyait totalement impuissante, qui éveillait en elle une obscure curiosité et une sollicitude condescendante, l'a défiée du regard et mise à nue.

C'est pour cette même raison qu'elle a peur d'y retourner.

Mais elle craint davantage que, si elle tarde trop, il n'y ait plus personne dans le corps étendu sur la grande chaise ou sur le lit de la chambre six. Peut-être même est-il déjà réduit en cendres ou enterré. À moins qu'il ne soit à la morgue, au sous-sol de l'hôpital, en attente d'une autopsie.

Jeanne reprend sa montée.

Après avoir traversé les portes coulissantes de l'unité, elle salue de la tête le personnel qui s'affaire au poste de garde et elle poursuit sa route dans le couloir.

Elle arrive à l'entrée du solarium et s'arrête : la chaise bleue est là. Elle n'en voit que le haut dossier, à sa droite. Elle s'adosse au chambranle et respire, soulagée.

La femme émet un son qui, bien que guttural, n'a rien d'agressif. Au contraire. Elle sait que Jeanne est là. Elle a entendu son pas. Elle l'a attendu toute la semaine.

On attend très souvent la venue du Dr Deblois. Rarement celle de Jeanne.

Même si elle ne voit pas encore la femme qui lui tourne le dos, Jeanne la salue à son tour en s'approchant de sa chaise qu'elle fait pivoter un peu pour la placer face à un fauteuil où elle s'installe aussitôt.

Elles se regardent, en silence.

— J'ai eu peur de ne plus te revoir.

La femme ferme les paupières, les garde baissées un instant, puis les rouvre. Ses yeux sont embués de larmes.

— Je ne savais pas si tu voulais que je revienne après ce qui s'est passé.

Les paupières battent une autre fois, plus rapidement.

Silence.

— Ta colère était tellement grande, l'autre jour ! Elle était justifiée. Je t'avais observée pendant des semaines et j'avais décidé de déplacer ta chaise sans te demander ton avis.

Jeanne retrouve l'ombre de ce courroux dans le regard de la femme.

Silence.

Jeanne penche la tête.

— Je ne me rendais pas compte que tu étais là, vraiment là.

La colère s'intensifie dans le regard de la femme immobile. Quand Jeanne relève la tête, elle reçoit cette décharge.

— Quoi ? Qu'est-ce que j'ai dit ?

Le regard de la femme reste impitoyable.

— Qu'est-ce qu'il y a ?

Silence lourd.

Jeanne redresse le dos, avance le haut de son corps et pose les bras sur les accoudoirs du fauteuil.

— Bon, d'accord. Je savais que tu étais vraiment là. Sinon je n'aurais pas déplacé ta chaise pour que tu voies le parc ou la rivière au lieu du stationnement ou d'un bout de mur. Je suis désolée. J'avais peur. C'est tout. Peur de me retrouver devant une détresse épouvantable et de ne rien pouvoir faire.

Silence prolongé.

Le regard de la femme s'adoucit.

Jeanne sourit.

— Je ne pouvais pas deviner que tu avais si mauvais caractère et que tu me foudroierais au premier regard.

Jeanne pense que la femme sourit aussi. Ses yeux sont juste un petit peu plus refermés et on dirait qu'ils sont légèrement bridés.

— C'est un sourire, ça ?

Un battement de paupières rapide.

La femme immobile et muette baisse les yeux vers la gauche, les relève, regarde Jeanne, les rabaisse, les relève.

— Tu veux que je touche ta main ?

Jeanne touche la main de la femme.

Deux battements de paupières.

— Deux battements, ça veut dire non ?

Un battement.

— Tu ne veux pas que je touche ta main.

Les yeux continuent leur manège. Ce n'est pas tout à fait la main qu'ils visent.

Jeanne remonte lentement vers le poignet où elle découvre, sous le revers de la manche, un bracelet d'hôpital sur lequel elle se penche.

— Magali. Tu t'appelles Magali.

Un battement.

— Magali.

Chapitre 7

L a rivière est calme. Les lumières de l'autre rive s'étirent sur le bleu sombre de l'eau en traînées d'ambre et d'argent.

Il y a longtemps que Jeanne n'a pas pris la peine de s'asseoir sur la terrasse de son appartement. Même si elle demeure dans cet immeuble depuis bientôt quatre ans, elle n'est pas casanière. Elle préfère même lire ailleurs qu'ici, dans des cafés, des parcs, des bibliothèques ou aux endroits où elle fait des pauses pendant ses randonnées.

Passer des heures à étudier la palette des couleurs pour les murs de son appartement, à courir les magasins pour dénicher le mobilier, les carpettes, les lampes, la vaisselle qui créeront l'atmosphère convenue, tout cela l'horripile. À part quelques toiles et de rares objets qu'elle a rapportés de l'étranger, tout est blanc, dépouillé, presque monastique chez elle. Son appartement est un lieu où se poser entre deux activités et où rentrer dormir.

Avant, un studio lui suffisait. Mais depuis qu'elle ne s'absente plus plusieurs mois par année pour travailler à l'étranger, elle ne tolère plus de vivre à l'étroit. Elle étouffe. Elle a donc loué un vaste cinq-pièces ensoleillé, avec une vue splendide, dont elle profite rarement, mais qui lui donne l'impression de ne pas être totalement encagée.

L'air est frais, presque froid. Jeanne s'est allongée sur la chaise longue et s'est enveloppée dans une couverture de laine.

Elle essaie de ne pas bouger. Elle joue à être Magali. Elle n'y arrive pas. Elle n'y arriverait pas. Elle se gratte. Repousse une mèche de cheveux. Remonte la couverture jusque sous son menton. Déplace une jambe. Elle a envie d'aller se chercher un autre verre de vin, mais elle se retient. Elle n'a pas le droit de se lever. Elle ne peut pas se lever. Elle est Magali.

Elle regarde la rivière, tourne d'instinct la tête pour en suivre les méandres, replace sa tête bien droite, essaie de bouger seulement les yeux pour élargir son champ de vision, s'imagine condamnée à passer des heures, des jours, des semaines, des mois, des années à observer cette section de rivière. Ou un pan de mur. Ou le plafond de sa chambre.

Jeanne se lève, rentre et se verse un autre verre de vin qu'elle boit debout dans la cuisine. Ce serait relativement facile pour elle de délivrer Magali. C'est peut-être précisément pour cela que Magali a établi le contact avec elle.

Ce ne serait pas la première fois, pour Jeanne.

Elle l'a fait à plusieurs reprises lorsqu'elle était en mission humanitaire et que quelqu'un l'implorait de mettre fin à son interminable agonie ou à celle de son enfant.

Ici, c'est plus risqué, très surveillé, au nom d'une éthique qui, sous prétexte qu'il pourrait y avoir des abus, sanctionne l'horreur. On euthanasie sans hésitation un chien qui souffre abominablement et pour lequel rien ne peut plus être fait. Pas un être humain, même s'il supplie, demande grâce. On s'en lave les mains. On laisse la nature dévorer lentement les chairs, les entrailles, le cœur et les dernières fibres de courage, dans le corps supplicié. Jusqu'au bout. Et on fait croire qu'on veille à ce que cette interminable boucherie se fasse sans souffrance. Douleur zéro. Si quelqu'un ose intervenir avant la fin de la curée, on en fait un meurtrier.

Si Magali réussissait à lui exprimer son désir de mourir et si elle parvenait à lui demander clairement son assistance, Jeanne n'hésiterait pas à la lui accorder. Peu importe les conséquences.

Devant un miroir, Jeanne passe les doigts sur son front, son nez, ses joues, ses lèvres, son menton, son cou, comme si elle touchait quelqu'un d'autre.

Elle est mal dans sa peau, dans cette armure d'épiderme et de derme à l'intérieur de laquelle elle se sent claustrée. Cette mince mais infranchissable frontière qui marque la limite entre elle, au-dedans, et ce qui n'est pas elle, au-dehors. Cette enveloppe étanche, fermée sur le secret des êtres, que Jeanne ouvre encore, malgré ses désillusions, en espérant trouver où se cache la vie, la personne.

Chapitre 8

Jeanne est mal dans sa peau depuis l'âge de onze ans, lorsque la superbe enfant adulée qu'elle était s'est muée brusquement en une adolescente massive et obèse, sans grâce, au front couvert d'acné, à cause d'un désordre hormonal important diagnostiqué et traité trois ans plus tard seulement.

Avant, la vie était facile pour Jeanne. On l'aimait d'emblée, sans réserve, à la maison comme à l'école, sans qu'elle ait à faire autre chose qu'à être elle-même. Elle n'en tirait ni vanité ni pouvoir. Cela allait de soi et elle croyait naïvement qu'il en était ainsi pour tout le monde.

En l'espace de quelques mois, elle était devenue un monstre à ses propres yeux. Elle ne se reconnaissait plus dans les miroirs. Ce corps n'était pas le sien. Elle n'en voulait pas. Elle le détestait.

Elle éclatait en sanglots à tout propos. Faisait des crises de rage. Refusait de manger ou se faisait vomir si on l'y forçait. Ne sortait plus que pour aller à l'école, et encore. Se cloîtrait dans sa chambre.

Au début, ses parents, malgré leur propre stupéfaction et leur inquiétude, tentèrent de minimiser la chose en expliquant à Jeanne qu'une telle poussée de croissance accompagnée d'un tel gain de poids n'était pas rare au début de l'adolescence. Que c'était temporaire.

Jeanne répliquait qu'elle ne connaissait personne à qui cela était arrivé et qu'aucune de ses amies n'était comme elle. Qu'elle était la seule à être devenue subitement aussi grosse et laide.

Tout pouvait mettre le feu aux poudres. L'achat d'un nouveau vêtement. L'heure des repas. Une émission de télévision, une publicité, un film, un magazine où les jeunes filles étaient minces et belles, entourées de garçons. Les réunions de famille où la parenté restait chaque fois bouche bée en la voyant. Leurs bons mots, ensuite, qui la faisaient sortir de ses gonds, devenir effrontée.

Ses amis s'éloignaient d'elle en essayant de ne pas trop le laisser paraître. Mais Jeanne voyait tout. Entendait tout. Et ne laissait rien passer. Après de nombreux affrontements stériles, elle se retrouva complètement seule.

À la maison comme ailleurs, il n'était plus possible de discuter avec elle. Dès que sa mère ou son père abordaient le problème, elle se mettait aussitôt à crier en se démenant si fort qu'on aurait dit qu'elle cherchait à sortir d'une camisole de force.

Ils ne devaient surtout plus lui dire qu'elle n'était pas du tout monstrueuse ; qu'elle se voyait plus affreuse qu'elle ne l'était ; qu'elle avait toujours de beaux yeux ; que si elle souriait, ce serait déjà mieux ; qu'on l'aimait autant qu'avant ; qu'elle était juste grassette.

Elle n'était pas grassette, elle était obèse.

Le corps prenait toute la place.

Jeanne était toujours la même, à l'intérieur, mais on ne la voyait plus du tout. C'était comme si elle n'avait plus été là, elle, Jeanne.

On ne l'aimait plus comme avant. Elle en avait la certitude.

Son père, qui l'avait toujours appelée mon soleil, ma petite biche, ma belle Jeanne, ne l'appelait plus que Jeanne.

Malgré ses efforts, il était conscient qu'il était devenu plus distant avec elle, mal à l'aise en sa présence. Il ne ressentait plus l'élan qui l'avait toujours poussé à s'intéresser à tout ce qui la concernait.

Parfois, il avait réellement l'impression d'être face à une inconnue — le genre d'enfant qu'il n'aurait justement jamais voulu avoir. Il s'était tant de fois réjoui, auparavant, d'avoir une enfant si ouverte et rieuse, si charmante et attachante. Or, il ne reconnaissait plus Jeanne dans ce corps tellement transformé que Jeanne ne s'y reconnaissait pas elle-même. Ce corps n'était pas celui de sa fille. Pas plus que ce caractère de harpie qui semblait être venu avec.

Même si sa mère faisait tout ce qui était en son pouvoir pour aider Jeanne à ne pas perdre courage, elle n'y arrivait pas. Peut-être parce qu'elle avait elle-même du mal à croire qu'il ne s'agissait que d'un état passager et parce que l'agressivité de Jeanne avait fini par susciter la sienne.

En secret, elle en voulait même à sa fille pour les perturbations que tout cela entraînait dans leur petite famille et dans son couple. Entre son conjoint et elle, presque toutes les conversations tournaient désormais autour de Jeanne. Ils ne s'entendaient pas toujours sur la gravité du problème, sur l'attitude à adopter ni sur les mesures à prendre. Chacun était tenté de mettre le fardeau sur les épaules de l'autre et de s'esquiver en douce. Ils commençaient d'ailleurs tous les deux à redouter et parfois à différer le moment du retour à la maison, après le travail ou une sortie, parce que l'air y était devenu irrespirable. Comme si Jeanne, en grossissant, avait occupé tout l'espace.

Leur médecin de famille ne leur avait été d'aucun secours. La consultation, à laquelle ils avaient fini par convaincre Jeanne de se rendre, avait essentiellement constitué une humiliation de plus pour elle. En présence de sa mère, le médecin l'avait fait se déshabiller progressivement pour localiser les zones principales d'accumulation de graisse sur son corps, pour mesurer leur épaisseur à l'aide d'une pince, pour examiner les ganglions, ausculter le cœur, les poumons. Jeanne suait de partout tellement elle était gênée. Elle était sortie de cet examen complètement mortifiée d'avoir eu à exhiber le corps dont elle avait si honte, non seulement devant le médecin mais aussi devant sa mère.

Les tests sanguins et urinaires qu'elle avait passés n'avaient révélé ni diabète ni autre anomalie, si ce n'est un peu d'anémie. Selon le médecin, le problème semblait effectivement lié à l'adolescence, cet âge plus ingrat pour certains que pour d'autres. Il fallait surveiller mieux son alimentation, que Jeanne fasse de l'exercice, qu'elle prenne du fer et qu'elle utilise une crème spéciale pour son acné. Aussi, compte tenu du fait qu'il était évident que Jeanne avait beaucoup de mal à accepter les changements qui s'étaient opérés en elle, il avait proposé qu'elle soit vue par une psychologue.

Il n'y avait eu que trois rencontres. Pendant chacune d'elles, Jeanne avait refusé de répondre aux questions de la psychologue et s'était obstinée dans un silence entrecoupé de quelques : « Mon seul problème, c'est ce corps-là. Je n'en veux pas. »

Elle avait ensuite refusé toute autre forme d'aide, convaincue que personne ne pouvait rien pour elle. Et elle s'était isolée davantage dans sa peine, incapable de comprendre elle-même qui elle était : ce corps qui avait totalement modifié l'attitude des gens à son égard ou ce qu'elle était toujours au-dedans mais que plus personne ne voyait?

Quand elle était passée du primaire au secondaire, ceux qui ne l'avaient pas connue auparavant la classèrent d'entrée de jeu parmi les tarés, les minables, les rejetés. La proie toute désignée pour la petite violence au quotidien. Celle qu'on traitait de tous les noms — gros cul, débile, les boules, mongole —, dont on ne voulait ni comme voisine de classe ni comme coéquipière de travail et surtout pas comme amie, qu'on n'invitait nulle part, dont on cachait les cahiers, le sac à dos, la bicyclette et même les vêtements dans le vestiaire du gymnase, dont on riait sans se cacher, qu'on bousculait dans les corridors, dans la cour, dans l'autobus.

Jeanne ne disait rien à personne de ce harcèlement, de ces persécutions, de ces sévices.

Elle ne dénonçait pas ses agresseurs.

Elle en faisait partie.

Le soir, enfermée dans sa chambre, elle enfonçait lentement la pointe de son compas dans la graisse de son ventre. Ou elle se tailladait les cuisses avec son Exacto.

Son corps l'avait trahie. Son corps était devenu son ennemi. Il devait payer.

Un jour, elle avait décidé d'en finir avec lui, une fois pour toutes.

Lors de son hospitalisation, après cette tentative de suicide, les médecins avaient enfin trouvé la cause de l'obésité de Jeanne.

Chapitre 9

Il reste une heure de montée abrupte avant que Jeanne n'arrive au sommet. Le sentier est désert.

Chaque pas lui demande un effort. C'est ce qu'elle recherche. Mais ce matin, elle est trop fatiguée et la montagne n'arrive pas à la vivifier malgré l'air cristallin et l'odeur du sous-bois. Son corps résiste, contrarie sa marche, se manifeste. Ce qu'elle ne supporte pas.

Jeanne est belle. D'une beauté qui fait se retourner les gens dans la rue. Même si elle a quarante-trois ans. Elle a dompté son corps. Elle l'a maté.

À partir de quinze ans, sitôt le problème hypophysaire identifié et traité, elle a pris sa revanche sur lui. Elle l'a soumis à des entraînements rigoureux, à une alimentation équilibrée mais austère et à une discipline implacable pour en faire sa chose et ne plus jamais être à sa merci.

Quand Jeanne est entrée au cégep, ceux qui ne l'avaient pas connue auparavant l'ont classée d'emblée parmi les racés, les sympas, les populaires. L'idole toute désignée pour la petite cour quotidienne. Celle dont on veut entrer dans le cercle d'amis, dont on veut se faire accepter, à qui on veut plaire à tout prix. Ceux qui avaient fréquenté la même polyvalente qu'elle avaient beau médire à son sujet, raconter les pires insanités, personne ne les croyait. Et c'est sur eux que retombait l'opprobre.

Jeanne fait encore beaucoup de sport et elle se nourrit de façon très saine pour que son corps continue à lui obéir et à lui donner son plein rendement. Mais le regard des autres n'a plus la même importance pour elle.

Pendant des années, elle a tout fait pour qu'on tombe sous son charme. Pour qu'on ne la regarde plus avec mépris. Pour qu'on l'aime.

Sa vengeance.

Mais cela n'a pas réparé le passé. De faire naître le mystère, la fascination, le désir, l'envie, l'a coupée tout autant des autres que lorsqu'elle souffrait d'obésité paradoxale avec rétention d'eau.

Jeanne avance avec peine dans le sentier rocailleux. Elle n'arrive pas à faire taire ses pensées.

Elle accélère le rythme, se pousse, voudrait briser sa résistance. Dominer non seulement ce corps mais aussi cet esprit rebelle qui l'a maintenue à l'écart des autres même quand son corps est redevenu magnétique.

Jeanne voudrait, entre autres, cesser de penser à cette femme immobile et muette qui l'obsède. Casser le miroir.

La solitude de Magali ressemble trop à la sienne, même si Jeanne a tout fait pour qu'il en soit autrement. Même si, contrairement à Magali, elle peut bouger, parler, travailler, voyager, s'entourer de gens, rire.

De nombreux hommes ont caressé son corps, se sont glissés en lui, l'ont pénétré. Certains ont cherché à toucher le cœur. Mais ils n'ont pas trouvé Jeanne dans ce beau corps offert comme un leurre. Un bel appelant de pierre.

Un homme seulement y est parvenu. Luc Arsenault.

Jeanne l'a véritablement aimé, mais sans jamais consentir à le lui avouer clairement et sans jamais arriver à croire à l'amour de cet homme, pourtant bien réel, et à s'y abandonner.

Au bout de trois ans de liaison, elle a rompu, certaine qu'il la quitterait si elle devenait obèse ou laide.

Chapitre 10

L e solarium est plein de gens.
Le samedi après-midi, c'est fréquent. Les paroles, les larmes, les rires sont moins feutrés que la semaine.

On rit autant qu'on pleure ici. Pas seulement les visiteurs, ceux qui vont mourir aussi. On ne peut pas pleurer tout le temps et, de toute façon, on a encore envie de rire. La preuve que, même si le corps est totalement décharné, défiguré, dévasté, on est encore vivant. Un pied de nez à la mort.

Magali rit aussi, des yeux. Elle ne s'attendait pas à voir Jeanne aujourd'hui.

Jeanne n'a pas sa blouse verte. Elle est venue à l'hôpital uniquement pour Magali.

D'ordinaire, Magali déteste les samedis et les dimanches. On l'observe davantage, furtivement, ces jours-là. On parle à voix basse de son cas. On s'apitoie sur son sort. Sans jamais l'approcher, lui parler ou la regarder en face.

Tous les vendredis soir, ou presque, Florence vient la voir, mais tout est devenu si difficile, à présent, que Magali préfère épargner son amie. Quand elle l'entend venir, elle ferme les yeux et fait comme si elle n'était plus là. Florence lui parle doucement, caresse ses mains, sa tête, son visage. Elle reste une heure environ, puis, voyant que Magali ne répond plus, elle repart.

Ceux qui passent presque toutes leurs journées et parfois leurs nuits auprès des personnes qu'ils aiment et qu'ils
vont bientôt perdre sont très différents de ces visiteurs qui
ne viennent bien souvent qu'une seule fois, un samedi ou
un dimanche, avant qu'il soit trop tard.

Ces derniers sont mal à l'aise, ils ne savent trop où
poser les yeux, quoi faire, que dire. Ils finissent par faire
comme si de rien n'était. Ils parlent de n'importe quoi, de
l'actualité, de leurs problèmes, du temps qu'il fait, de leurs
projets. Au fond d'eux-mêmes, ils ne pensent qu'à l'instant
où ils pourront s'en aller pour pleurer sans retenue. Ils se
reprochent, entre autres, de n'avoir pas réussi à faire véritablement leurs adieux, de ne pas être arrivés à dire ce
qu'ils avaient de si important à dire, d'avoir eu si peur de
leur propre vulnérabilité.

Les personnes qui vont bientôt mourir ne s'en formali-
sent pas. Elles comprennent. Elles ont appris tant de choses
dans la douleur et le silence. C'est déjà beaucoup pour elles
que ces gens touchés par leur disparition prochaine aient
trouvé le courage de venir les voir une dernière fois, de
leur parler, de les embrasser maladroitement, à l'arrivée et
au départ.

Jeanne n'est pas allée jusqu'au sommet de la montagne
ce matin.

De son sac à dos, elle sort des feuilles toutes colorées
par l'automne. Elle les montre une à une à Magali. Elle en
froisse quelques-unes doucement entre ses doigts près des
oreilles de Magali. Elle les lui fait sentir, toucher, avant de
les déposer sur ses genoux.

Elle sort de minuscules fruits rouges qu'elle fait rouler
dans ses mains placées en coupe.

Des fougères un peu brunies, avec des spores duve-
teuses sous les frondes.

Des cocottes piquantes et gommeuses.

Une touffe de poils de lièvre qu'elle passe dans le cou de Magali.

De la mousse épaisse et spongieuse.

Des glands.

Des plumes de perdrix dont elle caresse le visage de Magali.

De l'humus.

De petites branches de sapin et de pin pleines de résine.

Un gros champignon, doux comme du velours, qu'elle a détaché avec son canif d'un tronc d'arbre.

Magali regarde chaque chose avec ferveur. Elle en reconnaît la texture, l'odeur sauvage.

Elle retrouve en elle les bruits insolites de la forêt. Le craquement des branches. Le froissement des feuilles. Le murmure de l'eau qui affleure quelque part, en secret, et qui s'écoule goutte à goutte entre des pierres. Le bruissement des bêtes qui se déplacent discrètement sans qu'on les voie. Le cri strident de l'écureuil surpris qu'on soit là, chez lui. Le jaillissement soudain de la gélinotte qui s'envole dans un intense battement d'ailes.

Jeanne prend la main de Magali.

Elles se promènent dans les bois, les yeux fermés.

Chapitre 11

L e personnel de l'unité des soins palliatifs se doutait bien que, depuis un moment, le Dr Deblois ne venait plus dans le solarium seulement pour faire une pause, comme c'était le cas au début, mais par intérêt pour la Six.

Ses deux visites, en fin de semaine, et l'entretien privé qu'elle a présentement avec le médecin responsable de Magali, le Dr Plourde, le confirment.

Certains pensent qu'il ne peut s'agir que d'un intérêt purement professionnel, mais ceux qui ont vu Jeanne parler à Magali, la toucher, lui apporter des présents, savent qu'il se passe quelque chose de bien plus surprenant.

Ils ont d'ailleurs tous remarqué que Magali a changé depuis deux semaines. Elle semble moins butée dans son silence, moins tendue dans son immobilité. Elle ne baisse plus les yeux à leur approche. Elle cherche même leur regard. Il y a de très nombreux mois qu'elle ne l'a pas fait.

Cette reprise de contact imprévue les intimide, mais elle est visiblement émouvante.

Il n'y a plus ni détresse, ni supplication, ni reproche dans le regard que Magali pose sur eux. Elle leur dit « Bonjour », simplement, « Merci de vous occuper encore de moi ». Quelque chose qu'ils ressentent comme cela et qui rend leur travail un peu moins lourd avec elle, moins insensé.

Sans même se concerter, ils ont recommencé à l'appeler Mme Coulombe. À mieux placer sa chaise dans le solarium. À la déplacer à l'heure du midi. À lui demander si tout va bien. Ce à quoi Magali répond immanquablement par un oui, des yeux. À être moins rudes avec elle. À lui mouiller les lèvres plus souvent. À lui demander d'évaluer, par un battement de paupières, le degré de ses douleurs, de un à dix, à l'aide de leurs doigts repliés puis tendus un à un. À ajuster ses médicaments en conséquence.

Il y encore quelqu'un dans ce corps crucifié. Ils avaient fini par l'oublier. Magali y avait contribué.

Quand Magali est entrée ici, elle arrivait encore à parler, bien qu'à voix basse, et à écrire quelques mots sur un clavier. On l'écoutait avec attention, penchée sur son visage, suivant chaque mouvement de ses lèvres. On plaçait ses doigts sur le clavier, pour qu'elle puisse l'utiliser à volonté. On lui posait des questions sur ce qu'elle avait dit ou écrit, on émettait des hypothèses, pour mieux comprendre ce qu'elle voulait exprimer.

Mais, peu à peu, sa voix s'était éteinte et ses doigts avaient échappé à son contrôle. On essayait encore de lire sur ses lèvres, mais leurs mouvements étaient trop faibles, trop ténus.

Magali avait alors commencé à s'impatienter sérieusement. À grogner comme une bête quand on ne la comprenait pas, à pleurer en silence, à refuser d'avaler les cuillerées d'eau sucrée ou de bouillon qu'on glissait dans sa bouche, à bouger furieusement les yeux pour montrer ou faire comprendre ce qu'elle voulait.

Chapitre 12

Un matin, le médecin de Magali est arrivé avec un tableau de communication où les lettres de l'alphabet sont réparties en cinq lignes et en six colonnes.

	6	7	8	9	10	11
1	a	b	c	d	e	f
2	g	h	i	j	k	l
3	m	n	o	p	q	r
4	s	t	u	v	w	x
5	y	z	.	?	!	/

Il en a expliqué le fonctionnement à Magali.

Tout en regardant Magali, on descend lentement le doigt sur les chiffres des lignes, de 1 à 5, et on s'arrête lorsque Magali cligne des yeux. La lettre choisie par Magali est dans cette ligne, mais on ne sait pas encore où.

Puis, on suit avec le doigt les chiffres des colonnes, de 6 à 11, jusqu'à ce que Magali cligne de nouveau des yeux. La lettre choisie est au croisement de cette colonne et de cette ligne.

3 et 6 désigne le M.

1 et 6, le A.

2 et 11, le L.

5 et 11, la fin du mot.

MAL

Ensuite, on pose des questions pour préciser le message. À chaque question, Magali cligne des paupières, une fois pour oui, deux fois pour non.

— Tu as mal ?

Un battement.

— Dans ton corps ?

Deux battements.

Elle peut alors revenir au tableau pour mieux orienter la compréhension de ce qu'elle cherche à dire.

Ce moyen de communication, tout rudimentaire et imparfait qu'il soit, a permis à Magali d'échapper au silence de la tombe.

Elle l'a tout de suite adopté avec une sorte de frénésie.

Au début, Magali a voulu constituer des phrases complètes, comme lorsqu'elle parlait ou écrivait. Mais c'était un processus trop long, fastidieux. Ses interlocuteurs devaient être très attentifs pour remarquer sur quel chiffre s'opérait le clignement de paupières. Ils étaient aussi obligés de noter au fur et à mesure les chiffres, les lettres, les mots de la phrase en élaboration pour ne pas en perdre le fil et pour pouvoir la reconstituer à la fin. Leur patience était mise à rude épreuve. Celle de Magali aussi. Elle sortait épuisée et frustrée de ces séances qui avortaient souvent avant qu'elle n'arrive à dire l'essentiel.

Les membres du personnel n'avaient pas le temps et ils n'avaient surtout pas envie, après avoir essayé à quelques reprises, de se lancer dans cette interminable démarche de communication. Leur tâche était déjà épouvantablement chargée, ils ne pouvaient pas y rajouter cela. D'autant plus que Magali n'aurait pas dû être là depuis un bon moment, qu'elle s'incrustait dans leur unité de façon indue.

Il leur arrivait souvent d'oublier volontairement l'existence du tableau.

Le Dr Plourde avait alors suggéré à Magali d'utiliser, pour les besoins plus immédiats, seulement des mots; courts, de préférence. Lit. Soif. Dos. Ou des débuts de mots codés et juxtaposés. Tel Fl veni. « Téléphonez à Florence pour lui demander de venir. »

C'était plus efficace, dans certains cas précis, mais cela réduisait la communication à bien peu de chose, à presque rien pour Magali.

Florence, son amie et ancienne amante, est alors venue passer des heures et des heures avec Magali pour répondre à son irrépressible besoin de parler encore à quelqu'un, pour de vrai. Mais l'entreprise était extrêmement laborieuse. Et Florence ne pouvait plus être là très souvent.

Florence habite et travaille dans une autre ville, à une centaine de kilomètres. Avant que Magali soit malade, cette distance ne posait aucun problème pour elles. Quand elles avaient envie de se voir, l'une ou l'autre faisait le trajet.

Lorsque le diagnostic était tombé, que Magali était devenue progressivement invalide et qu'elle avait su qu'il ne lui restait, selon les prévisions, que quelques mois à vivre, Florence avait pris un congé sabbatique pour être auprès de Magali.

Les mois s'étaient écoulés.

Son congé terminé, Florence était retournée dans sa ville pour reprendre son travail.

Au début du séjour de Magali aux soins palliatifs, Florence venait chaque fois qu'elle le pouvait. Tous ses temps libres y passaient. Magali allait mourir, d'un jour à l'autre. D'une semaine à l'autre. D'un mois à l'autre.

Florence était épuisée, physiquement et moralement. Elle avait beaucoup maigri. Elle dormait mal. Elle travaillait mal.

Tout ce qu'elle espérait, à présent, c'était recevoir un coup de fil de l'hôpital lui annonçant que tout cet abominable calvaire était enfin terminé, que Magali reposait en paix et qu'elle pouvait elle aussi se reposer.

Au lieu de cela, le tableau de communication avait fait son apparition.

Dans un ultime effort, Florence avait répondu à l'appel de Magali.

Ces pénibles entretiens étaient cependant si exaspérants et si crispants qu'une tension presque haineuse avait commencé à s'installer entre elles.

Magali, trop paniquée à l'idée que, sans ce tableau, elle serait désormais murée dans un silence totalement étanche, ne s'était pas rendu compte tout de suite que son acharnement à communiquer à tout prix était en train de détruire la relation à laquelle elle tenait le plus.

Il avait fallu que Florence tombe malade, une simple mais très mauvaise grippe, pour que Magali comprenne que Florence n'en pouvait plus.

Pendant neuf jours, Florence était restée chez elle.

À l'instant où Magali l'avait revue, elle avait tout de suite été frappée par l'état d'épuisement de Florence, par ses traits tirés, sa maigreur, sa profonde tristesse.

Cette fois, à l'aide du tableau, Magali lui avait simplement dit : Je t'aime.

À partir de ce jour, lors des visites de Florence, Magali avait renoncé aux longs messages. Elles échangeaient quelques mots et, au bout d'un moment, Magali fermait les yeux. Elle faisait semblant de dormir pour ne pas retenir Florence plus longtemps.

Magali avait perdu beaucoup de force, c'est ce que le médecin avait dit à Florence. Elle dormait presque tout le temps. Elle ne réclamait plus le tableau. Elle n'ouvrait les yeux que rarement.

Florence avait espacé de plus en plus ses visites.

Chapitre 13

Le but de la rencontre de Jeanne avec le médecin de Magali n'a rien de médical.

Elle veut en savoir plus sur Magali, sur sa vie avant la maladie, sur ses proches.

Le Dr Plourde n'aime pas beaucoup que le Dr Deblois, un médecin d'un autre service, s'intéresse de la sorte à l'une de ses patientes, plus précisément à Mme Coulombe. Il n'arrive pas à comprendre clairement les raisons d'un tel intérêt.

Peut-être le Dr Deblois veut-elle mettre fin, en secret, à la souffrance de cette femme ? Elle en aurait les moyens. Mais dans ce cas, c'est sur lui que les soupçons tomberaient si la chose était découverte.

Ou peut-être espère-t-elle arriver à lui faire reprendre contact avec le monde extérieur ? Comme si tout n'avait pas déjà été tenté pour essayer de soulager la douleur morale de cette femme. Le Dr Deblois s'imagine peut-être qu'elle peut faire mieux, alors qu'elle ne sait rien de la quantité d'énergie incroyable qui a été consacrée à cette patiente.

Quand il se décide enfin à parler, il met tout de suite le Dr Deblois en garde contre une forme de compassion dangereuse qu'il a lui-même fortement ressentie les premiers mois où il s'est occupé de Mme Coulombe. Il y a dans cette attitude un refus personnel d'accepter l'atrocité d'une telle maladie, une volonté opiniâtre d'empêcher cette femme de sombrer dans une solitude horrifiante mais absolument inévitable. Or, selon lui, il faut aider Mme Coulombe à accepter cette réalité plutôt que de lui faire croire qu'elle peut y échapper.

S'il lui avait été permis de délivrer cette femme de cette atroce situation, il l'aurait fait depuis longtemps. Mais le Dr Deblois connaît aussi bien que lui les limites de leurs interventions.

D'autre part, consacrer trop de temps et d'énergie à cette patiente parce qu'on ne peut supporter l'idée qu'il n'y a rien à faire pour atténuer son insoutenable malheur ne peut que lui nuire à la longue. Parce qu'une telle sollicitude ne peut pas être maintenue bien longtemps. Un jour ou l'autre, on se trouve face à sa propre impuissance et à son propre désespoir. Il y a d'autres gens dont il faut s'occuper. D'autres tâches à accomplir. Et on doit aussi vivre sa vie, comme tout le monde. Peu à peu, on prend donc de la distance, et c'est la patiente qui en souffre. On se sent alors coupable de l'avoir délaissée après lui avoir accordé autant d'attention. En fait, en voulant bien faire, on a seulement contribué à rendre sa solitude plus cuisante encore. Et dans le cas précis de Mme Coulombe, peut-être cela a-t-il même eu comme effet de la retenir en quelque sorte, de l'empêcher de lâcher prise et de partir avant d'atteindre un tel état de dégénérescence.

Jeanne n'a pas envie de juger ce médecin. Ni même de remettre en question son point de vue. C'est le sien et il doit provenir de l'expérience extrêmement douloureuse qu'il a dû vivre avec Magali.

Il est déjà arrivé à Jeanne de se désinvestir ainsi d'une relation plus personnalisée qu'elle avait établie avec certains patients, parfois à cause d'une surcharge de travail ou de l'un de ses départs pour l'étranger, ou parce qu'elle n'acceptait tout simplement pas l'issue fatale qui s'annonçait pour eux malgré tous les efforts qu'elle avait déployés pour l'éviter.

Elle sait qu'avec Magali il s'agit d'autre chose. D'aussi égoïste, peut-être, mais de totalement différent. Cela n'a rien à voir avec le fait qu'elle soit médecin et qu'elle se croie capable de faire quelque chose pour Magali.

C'est Jeanne qui a besoin de Magali.

Besoin de connaître cette femme. De s'en rapprocher. Qu'elle l'aide à sortir de son propre isolement.

Elle ne peut pas avouer cela au Dr Plourde parce qu'il y a là quelque chose d'indécent.

Comment, en effet, peut-on oser demander à quelqu'un qui a été dépouillé de tout, y compris de l'usage de son corps et de la parole, de nous donner encore un peu de lui-même ?

Chapitre 14

Jeanne assiste Luc dans une opération délicate du système digestif d'un bébé de trois mois.

Le plus difficile est fait. Tout s'est bien déroulé. Les conversations ont repris, légères et décontractées, après plus d'une heure de concentration soutenue.

À brûle-pourpoint, Luc demande à Jeanne pourquoi elle s'intéresse au cas de la femme du sixième atteinte de sclérose latérale amyotrophique.

Jeanne suspend son mouvement au-dessus du corps du bébé.

Les nouvelles vont vite.

Elle détourne la conversation et reprend son travail minutieux.

Lorsque tout est terminé et qu'ils se retrouvent seuls dans le local attenant à la salle d'opération, Luc lui signale qu'elle n'a pas répondu à sa question.

Elle savait qu'il reviendrait sur le sujet à la première occasion. C'est un tenace. Même après leur rupture amoureuse, il y a trois ans, il ne s'est jamais complètement éloigné d'elle. À force de persévérance, il est devenu le meilleur ami de Jeanne, à défaut de pouvoir être plus.

— Elle me touche, c'est tout.

— C'est dangereux.

Le Dr Plourde a dû parler à Luc pour qu'il la dissuade de continuer ses visites à Magali.

Jeanne ne veut pas qu'on se mêle de cette histoire qui ne concerne que Magali et elle. C'est une affaire privée. Si Magali décide qu'elle ne veut plus que Jeanne vienne la voir, elle le lui signifiera. Jeanne lui a d'ailleurs clairement posé la question, dimanche, et elle lui a aussi demandé si elle lui permettait de rencontrer son médecin pour lui poser quelques questions à son sujet. Magali a acquiescé.

— Tu veux l'aider à mourir ?

— Non !

La réponse de Jeanne est immédiate et véhémente. Elle en est elle-même surprise.

— Alors, qu'est-ce que tu cherches ? Personne ne peut plus rien pour cette femme.

Jeanne sait très bien qu'on ne peut rien pour personne. Ou si peu que cela en est dérisoire. On ne peut pas grand-chose contre la souffrance humaine, contre l'horreur. Elle s'y est brisée, comme tant d'autres, il y a cinq ans.

Au Kenya, à Lokichokio.

Il y avait plus de neuf ans qu'elle allait en mission humanitaire plusieurs mois par année, là où l'on avait besoin d'un chirurgien. Elle avait l'impression d'avoir tout vu, d'être immunisée contre les pires abominations.

Mais un jour, semblable à bien d'autres, au moment de l'arrivée d'un camion amenant de nouveaux blessés gravement atteints, le regard de ceux qui avaient survécu au transport sur les pistes défoncées avait pulvérisé d'un coup toutes les défenses de Jeanne.

Elle avait pourtant déjà vu tant de fois ce regard vidé de tout espoir, de toute attente, uniquement chargé d'une stupéfaction muette, d'une incrédulité totale. Comment, en effet, arriver à croire qu'on puisse réellement se trouver là où l'on est, soi, dans cette boîte de camion pestilentielle, emmêlé à d'autres corps ensanglantés, démembrés, défigurés, dont plusieurs ne sont plus que des cadavres, sans qu'on puisse distinguer qui en est ou n'en est pas, si l'on en fait partie ou pas, si l'on est déjà mort ou pas, les mouches ne semblant faire aucune distinction, ne voir aucune différence ?

Il n'y avait probablement là rien de plus insoutenable que tout ce que Jeanne avait vu auparavant. C'était l'atrocité, à l'état pur, comme elle en avait rencontré partout. Sauf que, soudainement, c'était devenu insupportable pour elle. Elle ne pouvait en prendre davantage. C'était la surdose.

Comme si elle s'était soudain rendu compte que ses petites interventions secourables ne pouvaient rien contre l'ampleur de la cruauté humaine, contre la rapidité avec laquelle sans cesse des milliers de personnes dans le monde — à cause d'autres personnes —, se retrouvaient les deux mains coupées, ou les jambes déchiquetées par une mine antipersonnel, la moitié du visage arrachée, ou les viscères pendant hors du corps, ou affamées à en mourir, ou agonisant à cause de maladies anodines ici, mais fatales là-bas, faute de soins, de médicaments, de matériel médical, de mesures d'hygiène, de nourriture, d'eau.

Ce jour-là et les suivants, Jeanne avait fait son travail comme elle l'avait toujours fait. Mais quelque chose était brisé en elle.

Elle avait fini par communiquer avec Genève pour demander qu'un autre chirurgien soit envoyé pour la relayer.

Elle avait attendu stoïquement l'arrivée de son remplaçant, trois semaines plus tard, et elle était rentrée au pays.

Jeanne n'était jamais retournée travailler à l'étranger.

Chapitre 15

Jeanne est allée dans une petite imprimerie où l'on a reconstitué un tableau de communication semblable à celui dont lui a parlé le Dr Plourde sans arriver à le retrouver dans son bureau.

Elle l'a fait monter en passe-partout et plastifier.

Assise dans son lit, elle apprend à s'en servir rapidement en retenant les lettres correspondant à la croisée des chiffres des colonnes et des lignes.

3 et 6 + 1 et 6 + 2 et 6 + 1 et 6 + 2 et 11 + 2 et 8 = Magali.

Après sa rencontre avec le Dr Plourde, Jeanne s'est rendue au solarium pour voir Magali, qui l'attendait.

À son arrivée, le regard de Magali était inquiet. Elle ne savait pas quelle image d'elle le médecin avait présentée à Jeanne, ni ce qu'il lui avait dit à son sujet, ni ce que Jeanne allait privilégier dans ces dires. Elle ne savait pas non plus si cela allait changer l'attitude de Jeanne à son égard.

Jeanne a d'abord pris la tête de Magali entre ses mains, elle l'a regardée dans les yeux et elle a collé ses joues longuement contre celles de Magali. Puis, elle s'est assise en face d'elle et a posé ses mains sur les siennes.

Après un moment, elle lui a dit, dans un sourire :
— Je sais maintenant que tu es une artiste.
Magali s'est détendue.

— Et que ton amie s'appelle Florence. Qu'elle habite une autre ville.

Silence.

C'est cela, exactement, que Magali espérait que Jeanne retienne de tout ce qu'on avait pu lui dire. Le reste a si peu d'importance.

Magali a eu peur que le médecin ne parle que de sa maladie, qu'il ne la présente qu'ainsi : une malade. Comme si elle n'était que cela, qu'elle n'était plus quelqu'un, à part entière.

En fait, outre sa mise en garde à Jeanne, le Dr Plourde avait bel et bien mis l'accent sur la maladie de Magali, comme cette dernière le redoutait, et sur les problèmes que cause un tel cas dans une unité de soins palliatifs. Il avait beaucoup insisté sur le temps et les efforts qui avaient été consacrés à Magali, au cours des premiers mois de son hospitalisation. Du tableau de communication, entre autres, qui avait exigé beaucoup du personnel, mais qui n'avait servi qu'à donner de faux espoirs à Magali et qui avait fini par l'épuiser complètement.

Jeanne lui avait alors demandé en quoi consistait ce tableau, si elle pouvait le voir. Il le lui avait brièvement expliqué et il avait fait semblant de le chercher.

Ensuite, devant la résistance du médecin à parler davantage de Magali, Jeanne lui avait posé quelques questions auxquelles il avait répondu, mais de façon laconique. Ou il savait très peu de choses sur Magali avant sa maladie, ou il jugeait que ces renseignements ne pourraient que nourrir l'intérêt de Jeanne pour sa patiente, intérêt qu'il croyait importun.

Magali travaillait dans le domaine des arts visuels. Il n'avait jamais vu les œuvres de Magali, mais on lui avait dit que certaines se trouvaient dans des édifices du centre-ville et ailleurs.

Elle avait un demi-frère dans l'Ouest, à Vancouver, peut-être, le Dr Plourde ne se rappelait pas. Il ne l'avait jamais rencontré.

La mère de Magali avait été très présente, les premiers mois. Elle venait chaque fois qu'on l'appelait d'urgence, de jour comme de nuit, quand on croyait que c'étaient les derniers moments de Magali. Mais elle en avait pour des jours à se remettre de ces fausses alarmes. De voir sa fille dans un tel état la rendait malade. Elle avait fini par demander qu'on ne l'appelle que quand tout serait terminé. C'était elle qui avait insisté pour que sa fille ne soit pas transférée aux soins prolongés. La dernière fois qu'elle était venue, les bras chargés de cadeaux, c'était à l'anniversaire de Magali, en août. Magali ne s'était pas réveillée lors de sa visite.

Le père de Magali était décédé quand elle était petite. Sa mère était remariée depuis longtemps, mais elle venait toujours seule voir sa fille.

Le Dr Plourde, en se levant et en prenant un dossier, avait signalé à Jeanne qu'il devait rencontrer un nouvel arrivant.

— Juste une dernière question et je vous laisse. Est-ce que Magali vivait avec quelqu'un, est-ce qu'elle a un conjoint, des enfants?

— Non. Elle n'a ni conjoint ni enfants.

— Elle devait bien avoir quelqu'un plus près d'elle. Un amoureux? Un ami?

Le médecin était revenu vers son bureau.

— Une amie. Florence Auger. Elle s'est beaucoup occupée de Magali. Mais elle habite une autre ville et son travail est exigeant. Elle est généticienne. Elle vient encore voir Magali à l'occasion, mais leur contact est forcément réduit à presque rien, alors c'est difficile pour elle.

— C'est une simple amie?

Le visage et la voix du Dr Plourde avaient marqué un léger signe d'impatience :

— Sa petite amie. Je dois y aller à présent.

Chapitre 16

Il est trois heures du matin. Jeanne se tourne sur le côté droit en ramenant une partie de l'oreiller sous son visage. Elle se recroqueville et s'exhorte à se rendormir.

Quelques minutes plus tard, elle se tourne sur le côté gauche.

Puis, elle se remet sur le dos, au centre du lit, les bras en croix, les yeux ouverts.

Elle opère de huit heures à midi. Rien de compliqué. La routine. Mais quand même.

Ensuite, elle a au moins deux heures de consultation à la clinique externe l'après-midi et, après, elle doit faire sa tournée au cinquième.

Avant de rentrer chez elle, elle tient à voir Magali.

Jeanne a besoin de moins de sommeil que la plupart des gens. Elle a appris à dormir peu et de façon fragmentée, à cause de son travail. À s'endormir dans le bruit et l'inconfort, quand il le faut, et à récupérer vite.

Paradoxalement, depuis qu'elle a un rythme de vie plus stable, qu'elle ne va plus à l'étranger et qu'elle ne travaille plus en traumatologie, sauf à l'occasion, il lui arrive de faire de l'insomnie. Quand cela se produit, les choses se passent presque toujours de la même façon. Elle s'endort rapidement, entre minuit et une heure, et elle se réveille vers deux ou trois heures, à cause d'un cauchemar. La plupart du temps, elle ne replonge dans le sommeil qu'aux petites heures du matin, alors qu'elle doit bientôt se lever.

Cette fois, Jeanne n'est pas du tout certaine que cela soit véritablement un cauchemar qu'elle a fait, même si l'une des scènes la trouble encore.

Jeanne est avec Magali, Florence, le Dr Plourde et une autre femme qu'elle ne connaît pas. Tout est calme et silencieux.

Magali est revêtue d'une longue tunique de lin blanc, très simple. Jeanne et les deux autres femmes aussi.

Magali est assise sur une chaise droite. Elle n'est pas paralysée. Elle est cependant malade et elle va mourir. Les autres sont debout près d'elle.

Le Dr Plourde tend à Magali un petit gobelet de papier dans lequel il y a un liquide qui ressemble à du lait, censé l'aider à mourir sans horreur.

Magali prend le gobelet et boit le liquide.

Il ne se passe rien.

Le Dr Plourde disparaît.

Magali regarde Jeanne. Il n'y a aucune panique dans son regard. Seulement une attente paisible.

Jeanne tend à Magali un gobelet semblable au premier, mais on dirait que, cette fois, il contient de la lumière matérialisée. C'est blanc, comme du lait, mais irradiant.

Magali prend le verre de papier et en boit le contenu.

Jeanne et les autres femmes aident ensuite Magali à se lever et à s'étendre par terre, avec elles.

Elles se placent en étoile, leurs têtes éloignées et leurs pieds se touchant, au centre.

Puis, il se passe quelque chose d'étrange, comme si en un éclair, sans bouger, elles faisaient l'amour. Un instant de fusion parfait. Indicible.

Après, elles restent allongées un moment, comblées.

Puis Jeanne, Florence et l'autre femme se relèvent lentement.

Magali reste par terre. Elle est morte.

Jeanne prend doucement Magali sous les bras pour la relever. Elle est toute légère.

Jeanne s'aperçoit alors que Magali est amputée à partir du bassin. Ce qui la déconcerte totalement, l'horrifie au plus haut point.

Elle tend le corps mutilé de Magali à Florence qui le prend dans ses bras comme dans une étreinte.

À genoux, Jeanne cherche désespérément par terre le reste du corps de Magali.

Le plancher est propre et luisant.

L'autre femme se penche, touche l'épaule de Jeanne et lui dit que tout a eu lieu.

Rien ne manque.

Chapitre 17

Tout est tranquille dans l'hôpital. La plupart des patients dorment.

Magali aussi.

Il n'y a pas d'autre chaise que celle de Magali, dans sa chambre, faute de place, pour ne pas gêner les mouvements lorsqu'on s'occupe d'elle.

Jeanne approche la grande chaise bleue de la tête du lit et elle s'y assoit, tout près de Magali.

C'est la première fois qu'elle vient voir Magali alors que celle-ci est dans sa chambre.

Ce n'est pas comme dans le solarium ici. Tout est froid, métallique, fonctionnel. La table de nuit et le rebord de la fenêtre sont encombrés de matériel servant aux soins. Les tiges de métal au plafond, les poulies, les crochets, le harnais suspendu au-dessus de Magali ressemblent aux appareils dont on se sert, dans les usines de récupération animale, pour déplacer les carcasses.

Jeanne sait que tout cela est nécessaire, et elle a vu bien pire, entre autres en neurochirurgie et dans les unités des grands brûlés, mais l'atmosphère de cette chambre lui crève quand même le cœur.

Elle enlève le long foulard de soie qu'elle porte au cou et elle en glisse une extrémité autour de la main de Magali. Elle garde l'autre bout de l'écharpe dans la sienne. Puis elle s'appuie au dossier de la chaise.

Jeanne finit par s'endormir.

Magali se réveille la première. Son attention est tout de suite attirée par l'éclat d'un jaune de Naples clair que les premiers rayons du soleil illuminent sur sa main.

En suivant des yeux le courant de soie jaune, Magali découvre Jeanne endormie dans la chaise bleue. Elle ne la voit pas distinctement parce que la chaise est placée à la limite gauche de son champ de vision.

Magali referme les yeux. Elle rêve, c'est sûr.

Pourtant, elle perçoit bien la légèreté et la fraîcheur de la soie sur sa peau.

Chapitre 18

Ce matin, Jeanne a parlé à Magali de son horaire de la journée et du fait qu'elle ne pourrait revenir avant le début de la soirée.

Magali a battu deux fois des paupières.

— Ça ne te convient pas?

Deux battements.

Magali a regardé Jeanne et elle a ouvert juste un peu plus les paupières sans quitter Jeanne des yeux.

Cela veut dire: toi. Jeanne a mis des jours à le comprendre.

— Moi…

Magali a tourné les yeux vers la fenêtre.

— Tu veux que j'aille dehors?

Magali a continué à regarder Jeanne sans faire d'autres signes pour l'inciter à poursuive.

— Tu veux que je sorte après mon travail, que je m'aère les esprits?

Un battement de paupières.

Magali a fixé de nouveau Jeanne pour lui dire « toi », puis elle a fermé les paupières comme si elle dormait.

— Tu veux que je dorme? Tu veux que je me repose?

Un battement. Les yeux de Magali étaient légèrement bridés. Elle souriait.

Jeanne reviendra voir Magali demain, au début de l'après-midi, avec le nouveau tableau de communication.

La piste cyclable, qui longe la rivière sur une vingtaine de kilomètres, est éclairée par de petits réverbères à l'anglaise qui créent une ambiance de vieux films. Jeanne aime bien cette piste, le soir particulièrement, et très tôt le matin. Quand le temps s'y prête, elle se rend à l'hôpital et en revient par cette voie, à pied, en vélo ou en patins à roulettes. La distance est de six kilomètres environ. Lorsqu'elle a loué son appartement, c'est un facteur qui a joué dans son choix.

Jeanne écoute le chuintement régulier de ses patins sur l'asphalte.

Elle est attentive au balancement tranquille de ses hanches.

À l'extension souple de sa jambe droite, puis de sa jambe gauche.

Chacune des poussées entraîne son corps d'un côté, puis de l'autre, sans à-coup, dans un doux roulis.

D'ordinaire, Jeanne patine plus énergiquement pour que son pouls s'accélère, que ses muscles travaillent et se libèrent des toxines et des tensions accumulées, et pour que son esprit se vide de son bavardage continuel et agaçant.

Ce soir, c'est son corps qui a décidé du rythme et Jeanne l'a laissé faire. Pour voir.

L'immobilité de Magali rend Jeanne plus sensible à son propre corps, cette bête si familière qu'elle a soumise à son impitoyable volonté, parce qu'elle croyait qu'il l'avait trahie, pendant son adolescence, et qu'il pourrait recommencer.

Or, quand Jeanne regarde le corps de Magali, elle ne ressent pas de colère contre lui. Au contraire. Elle ressent de la tendresse pour ce corps bâillonné, contraint, captif. Parce que ce corps asservi est celui de Magali et qu'il souffre. Parce que ce corps est aussi Magali et qu'elle souffre.

Aux endroits où la piste est droite et sans obstacle, Jeanne ferme les yeux pour s'abandonner au mouvement qui l'emporte sans effort, qui la berce.

La première neige est tombée il y a deux jours. Elle fondait en atteignant le sol, mais pendant quelques heures, de gros flocons dansaient dans l'air.

C'est peut-être l'une des dernières fois que Jeanne fait du patin à roulettes cette année. En sortant de l'hôpital, elle est allée vers la gauche plutôt que vers son appartement, pour se rendre jusqu'aux trois petites îles, à environ cinq kilomètres du pont, reliées en boucles à la piste par des passerelles de bois sur lesquelles les patins font un drôle de bruit.

L'air est froid, transparent, et le ciel indigo est criblé d'étoiles.

Sur la plus grande île, Jeanne s'assoit sur un banc et penche la tête en arrière.

Chaque fois qu'elle plonge le regard dans cette immensité, Jeanne est prise de vertige. Comme lorsqu'elle se retrouve sur le voilier de Luc, en pleine mer. Ou au sommet d'une montagne, et qu'à perte de vue elle voit d'autres montagnes qui s'estompent de plus en plus dans la brume, au loin.

Elle a besoin de cet éblouissement mais, depuis quelques années, sa gorge se serre à tous coups, une angoisse l'étreint malgré son ravissement, comme si elle était maintenant écrasée par tant de grandeur, comme si sa vie n'était plus rien devant l'infini.

Curieusement, ce soir, l'angoisse n'est pas au rendez-vous.

Tout est à sa place et est ce qu'il doit être.

Deuxième partie

Une personne : c'est une œuvre signée,
estampillée d'un hiéroglyphe de gènes.

RICHARD SELZER,
La chair et le couteau
Confessions d'un chirurgien

Chapitre 19

Après en avoir parlé avec Magali, Jeanne a demandé au Dr Plourde et au personnel qu'on réserve un des coins du solarium à Magali.

Magali a choisi l'angle sud-ouest. Il suffit qu'on déplace sa chaise de quelques degrés vers la droite ou la gauche pour qu'elle voie la rivière, la piste cyclable, le petit parc ou le boisé. Et Magali n'est plus offerte en pâture aux regards du tout-venant ni laissée devant n'importe quoi.

On a installé un fauteuil près d'elle et on a placé une table basse sur laquelle Jeanne a déposé un bouquet de roses blanches très odorantes. Magali en a longuement respiré le parfum et elle a senti la texture veloutée des pétales sur ses lèvres.

Outre les bâtonnets, le baume et l'eau pour mouiller la bouche et les lèvres de Magali, il y a aussi sur cette table une photo de Florence avec Loup, le persan de Magali, un coffret de bois nu de la grandeur d'une boîte de chaussures, un carnet d'adresses et un trousseau de clés.

À l'aide du tableau de communication, Magali a demandé à Jeanne de regarder dans le bas de sa table de nuit et de lui apporter ces objets.

Magali veut maintenant que Jeanne prenne le coffret et l'ouvre.

Jeanne fait glisser les deux minuscules fermoirs de métal et soulève le couvercle. Elle sort ensuite délicatement une statuette enveloppée dans un carré de laine vierge. Elle représente une femme.

Troublée, Jeanne lève les yeux vers Magali.

La femme est en bois tendre et blond. Du pin. Elle est ligotée des pieds au sommet de la tête par un très mince fil métallique ficelé si serré autour d'elle qu'il a mordu et entaillé la chair à maints endroits. Les extrémités du lien sont torsadées sur la nuque de la femme.

Magali montre le tableau de communication des yeux. Jeanne le prend et fait glisser son doigt sur les chiffres.

3 et 7 + 3 et 8 + 4 et 8 + 4 et 6 = NOUS.

Jeanne éclate en sanglots. Elle pleure avec de grands hoquets comme elle ne l'a pas fait depuis l'adolescence.

Magali pleure aussi à gros sanglots, sans que son ventre, sa poitrine ou ses épaules ne tressaillent, sans qu'un seul des traits de son visage ne bouge. Mais ses yeux ruissellent et les sanglots éclatent en sons brusques et rauques dans sa gorge, comme lorsqu'elle s'étouffe.

Au bout d'un moment, Magali redemande le tableau à Jeanne.

3 et 11 + 1 et 10 + 4 et 7 + 2 et 8 + 3 et 11 + 1 et 10 + 5 et 11 + 2 et 11 + 1 et 10 + 5 et 11 + 2 et 11 + 2 et 8 + 1 et 10 + 3 et 7 = RETIRE LE LIEN.

Jeanne ne comprend pas tout de suite ce qu'elle doit faire. Magali regarde la statuette.

— Tu veux que j'enlève le fil de métal ?

Un battement. Magali sourit doucement de ses yeux noyés de larmes.

Jeanne essuie d'abord le visage de Magali avec des mouchoirs de papier et le caresse de la main.

Puis, elle essuie ses yeux et se mouche.

Elle reprend ensuite la statuette qu'elle a posée sur ses genoux et elle saisit entre ses ongles courts les bouts du fil si étroitement noués sur le cou qu'ils y sont incrustés.

Le travail exige de la minutie, beaucoup de dextérité et de patience. Jeanne en a. C'est pour cette raison que souvent d'autres chirurgiens lui demandent de les assister dans des interventions sur des nouveau-nés ou des bébés.

Jeanne se pique. Un peu de sang perle à l'un de ses doigts, qu'elle porte à sa bouche.

Défaire à main nue la torsade bloquée à la pince et coupée à la cisaille est difficile. Jeanne se brise les ongles, se pique de nouveau, mais n'abandonne pas.

C'est une opération dans laquelle elle s'investit tout entière, comme si c'était une question de vie ou de mort.

Les fils se délient enfin sur la nuque, mais Jeanne a du mal à les extirper du reste du corps qu'ils garrottent solidement. On dirait qu'avec le temps, le bois s'est cicatrisé autour du fil de métal, l'incorporant à lui à défaut de pouvoir le rejeter. Jeanne doit tirer fermement mais en douceur, pour que la statuette ne se brise pas entre ses mains. Le cou est si fragile et la gorge tellement nouée.

Chapitre 20

Jeanne essaie une clé, puis une autre. Il y en a trois.

Elle ouvre la porte d'entrée de l'immeuble.

L'ancienne manufacture a été achetée et rénovée il y a cinq ans par le gouvernement, qui en a fait un centre de la culture et une coopérative d'artistes. Le premier étage est consacré à la danse, sauf une grande salle réservée aux manifestations culturelles. Le deuxième est consacré à la musique. Les deux derniers, aux arts visuels.

Plusieurs regroupements d'artistes ont protesté contre le choix d'un emplacement si éloigné de tout et dans un environnement aussi peu stimulant. Les représentants du ministère ont allégué que les budgets n'auraient pas permis l'acquisition et la rénovation d'un édifice mieux situé et que, de toute façon, le métro était à deux pas.

L'atelier de Magali est au dernier étage, côté ouest.

En se dirigeant vers l'ascenseur sur sa droite, Jeanne écoute les bruits variés et assourdis qui viennent d'un peu partout et se mêlent dans un bourdonnement de ruche.

Des hommes travaillent à faire entrer un piano à queue dans le monte-charge. Jeanne prend les escaliers.

Elle n'a jamais circulé dans un lieu consacré uniquement à la création, c'est-à-dire où des œuvres diverses sont en train de naître, en même temps. Comme en obstétrique, dans les salles de travail et d'accouchement.

En tournant la clé dans la serrure de l'atelier de Magali, Jeanne ressent le même trouble que lorsqu'elle pratique une incision pour s'introduire dans l'intimité la plus profonde d'un corps.

Elle pousse lentement l'une des grandes portes et reste un instant sur le seuil.

Le soleil de fin d'après-midi jette sa lumière dorée dans cet étonnant sanctuaire peuplé de grands personnages sculptés.

Jeanne referme la porte derrière elle et s'avance avec précaution, comme pour éviter toute profanation de cette part de Magali à laquelle cette dernière lui a donné accès.

La poussière en suspension dans les rayons du soleil, l'éclat des grandes toiles sur les murs, les statues grandeur nature regroupées ici et là, les copeaux sur le sol près de l'établi, l'énorme motte d'argile massée à droite de l'entrée et mal recouverte de sa bâche, le tableau inachevé sur le chevalet, le matériel de peinture laissé là comme si Magali allait revenir dans un instant, tout cela fait de l'immense pièce un lieu primitif et sacré à la fois, où quelque chose est en train d'advenir.

La palette est encore chargée de couleurs, des tubes et des pots sont ouverts, les pinceaux, les éponges et les spatules n'ont pas été nettoyés. Étonnamment, presque aucune poussière ne s'est déposée sur les choses après tant de temps.

Jeanne touche du bout du doigt un amas rouge vif durci sur la palette.

C'est de ce pourpre, de carmin et d'alizarine que s'est servie Magali pour peindre le fond de la toile sur le chevalet. Du sang frais.

Sur ce rouge se détachent quatre femmes vêtues de longues robes d'un jaune très doux. Aucune n'est achevée.

À l'écart de l'établi et de l'espace réservé à la peinture, un grand lit est défait, comme si quelqu'un venait de le quitter. Un T-shirt et des bas de laine traînent par terre. Sur une chaise, un gros chandail et une robe de chambre de ratine blanche.

Autour du lit, quelques femmes veillent.

La plus âgée est tout près, penchée en avant, la main gauche tendue comme si elle s'apprêtait à toucher le front d'un enfant endormi. Il n'est pas certain qu'elle arrive à le faire.

Une autre, assise par terre, enveloppe de ses bras une femme qui gît, les yeux clos, la tête renversée.

Une quatrième, plus éloignée, s'avance avec peine en traînant derrière elle quelque chose de très lourd, une masse informe de ciment d'où émerge, entre autres, le bas du corps d'une poupée, la pale d'une rame fendue, l'empeigne d'une espadrille, des cheveux.

Sur le comptoir de la cuisine sommaire et sur la table, juste à côté, une bouteille dans laquelle il reste un peu de vin rouge, un verre et de la vaisselle ont été oubliés.

Une statue totalement isolée des autres, dans le coin le plus sombre de la pièce, attire l'attention de Jeanne.

La statuette qu'elle a libérée de ses liens est reproduite grandeur nature, mais c'est du fil barbelé qui enserre le corps et transperce la chair. Même le visage.

Jeanne n'a qu'une envie, mais Magali ne lui a pas demandé cela.

Chapitre 21

Magali écoute Jeanne. Elle boit ses paroles. L'atelier reprend vie peu à peu.

Elle avait beau y retourner dans sa tête, elle n'était plus vraiment certaine qu'il faisait encore partie de la réalité.

Elle avait dû se battre contre sa mère et contre les autorités du Centre de la culture pour que son atelier ne soit pas vidé et cédé à un autre artiste avant sa mort. Mais rien ne pouvait lui garantir que cette clause de son mandat d'inaptitude avait été respectée, compte tenu de son prolongement imprévu. Elle n'osait même plus demander à Florence d'y passer à l'occasion, comme elle le faisait au début, et de lui en parler.

Magali ne demande d'ailleurs plus rien à Florence, par peur de l'obliger à retourner dans le passé. Par peur de la contraindre à être de nouveau en contact avec elle. De l'empêcher de poursuivre sa vie. De la refaire, autrement, sans elle.

Jeanne parle à voix basse. Elle est comme dans sa tête.

Même si chaque corps est différent, même si la maladie ou un traumatisme peut rendre méconnaissables, et parfois impraticables, les contrées intérieures d'un corps, Jeanne sait s'y reconnaître.

Mais en pénétrant le territoire de Magali, Jeanne s'est retrouvée sans repères, complètement désorientée.

Pourtant, elle avait conscience qu'elle était exactement là où elle avait toujours désespérément voulu aller, mais sans jamais y parvenir. Au cœur de l'être.

Dans cet atelier, Jeanne a rencontré une autre Magali, dans son inaltérable identité.

Jeanne continue de parler dans une sorte de recueillement intense. Elle est encore dans l'atelier de Magali. Elle revoit et ressent tout de nouveau. Elle repasse à chaque endroit, refait chaque geste.

Elle est restée jusqu'à la nuit dans ce lieu. Elle en est habitée.

Certaines paroles de Jeanne commencent à troubler Magali. De petits détails qui ne coïncident pas tout à fait avec ses propres souvenirs, avec la réalité qu'elle a laissée derrière elle.

Quelque chose cloche, qui accapare peu à peu l'esprit de Magali.

Magali n'écoute plus Jeanne. Elle est ailleurs.

Au bout d'un moment, l'attention de Magali revient vers Jeanne. D'un mouvement répété des yeux, elle lui demande le tableau de communication, mais Jeanne est trop absorbée, perdue quelque part dans l'univers de Magali et dans son propre monde.

Magali émet un son qui ressemble à une plainte et refait le même mouvement des yeux.

Confuse, Jeanne prend aussitôt le tableau et place l'index sur le chiffre au coin supérieur gauche en s'excusant d'avoir tant parlé sans se soucier du fait que cela pouvait être difficile pour Magali d'entendre tout cela. Mais cette dernière la rassure.

Elle a simplement besoin d'être seule.

Elle voudrait aussi que Jeanne fasse quelque chose pour elle.

Chapitre 22

Jeanne feuillette le carnet d'adresses que Magali lui a demandé d'apporter chez elle.

Même si Magali l'a rassurée à ce sujet, Jeanne se sent très mal d'avoir parlé comme elle l'a fait de l'expérience bouleversante qu'elle a vécue dans l'atelier de Magali, sans se préoccuper vraiment d'elle, presque comme si elle n'avait pas été là.

Comme si, lors d'une simple appendicectomie où la patiente aurait été seulement sous narcose et sous anesthésie locale, Jeanne avait ouvert le corps beaucoup plus largement et s'était absorbée dans la contemplation de la vie à l'œuvre, avait pris le cœur dans sa main, juste pour le plaisir de le sentir battre, avait plongé jusqu'aux poignets dans les méandres soyeux de l'intestin pour atteindre et toucher l'utérus — l'urne sacrée —, et les ovaires — si petits et pourtant porteurs d'humanité —, sans adresser la parole à la femme étendue, immobile, clouée les bras en croix sur la table d'acier, le champ de vision coupé par l'écran de toile qui séparait sa tête de son abdomen.

Jeanne a peur d'avoir transgressé un interdit dans l'atelier de Magali, d'avoir profané non pas une sépulture mais un temple, sans même s'en rendre compte.

La frontière est si mince entre l'intimité permise, souhaitée de part et d'autre, et l'envahissement, le viol involontaire.

Magali voulait que Jeanne aille à son atelier. Mais désirait-elle que Jeanne s'immerge ainsi qu'elle l'a fait, corps et âme, dans son univers, jusqu'à l'imprégnation ?

Comment savoir quand l'autre ne dit que :

— Va atelier, adres carnet. Toi voir moi autre.

— Pas trop parlé. Heureuse Jeanne atelier. Juste besoin seule. Carnet téléph Florence, venir. Merci Jeanne être Jeanne.

Et même si Magali pouvait encore parler librement, comment savoir ce qu'elle ressent au fond d'elle-même ? Jeanne et Luc ont essayé tant et tant de fois de se parler à cœur ouvert sans jamais arriver à trouver les mots qu'il fallait pour que l'autre ait vraiment accès à cette zone obscure et indicible en soi, là où tout se passe et nous meut, nous émeut.

Jeanne compose le numéro de Florence.

C'est la boîte vocale.

Jeanne s'était préparée à parler à Florence. Elle reste muette. Elle raccroche.

— Bonjour. Je suis une amie de Magali. Elle aimerait que vous alliez la voir.

— Bonsoir. Je suis le Dr Deblois, un des médecins de Mme Coulombe. Elle aimerait vous voir. Au revoir.

— Bonsoir. Magali aimerait que vous passiez la voir. Merci.

— Bonsoir, Florence. Je suis Jeanne Deblois. Magali m'a chargée de vous appeler pour vous dire qu'elle aimerait vous voir. Voilà, j'ai fait le message. Au revoir.

Jeanne recompose le numéro.

Florence répond.

Jeanne raccroche.

Chapitre 23

Florence est avec Magali.

Jeanne le sait. Elle a du mal à se concentrer sur ce que lui raconte un patient qu'elle a opéré il y a deux jours.

Hier soir, Florence a rappelé Jeanne tout de suite après que cette dernière a raccroché pour la seconde fois. Et les choses ne se sont pas du tout passées comme Jeanne l'avait prévu.

Florence était au courant du fait que Jeanne allait maintenant voir Magali presque tous les jours et qu'elle avait repris le tableau de communication avec elle.

Que Magali semble avoir pris du mieux, à tous égards, depuis que Jeanne lui parle. Qu'elle s'étouffe même beaucoup moins souvent. Qu'elle a rétabli un contact visuel avec le personnel soignant.

Mais qu'elle pleure bien plus souvent, aussi.

C'est le Dr Plourde qui lui en a parlé et il lui a fait part de ses réserves quant à l'initiative personnelle du Dr Deblois. Magali avait réussi à trouver une forme de paix qui ne doit pas être perturbée. Le Dr Plourde a conseillé à Florence de ne pas entrer dans ce jeu, pour le bien de Magali.

Jusque-là, le ton de Florence était froid, détaché, mais sa voix s'est brisée et s'est chargée de rage lorsqu'elle a ajouté :

— Depuis des mois, Magali fait semblant de dormir quand je vais la voir !

Elle s'est alors mise à pleurer bruyamment.

Prise au dépourvu, Jeanne n'arrivait pas à dire un seul mot. Elle ne sait rien de cette femme. Rien de l'histoire de Florence et de Magali.

Entre deux sanglots, Florence lui a lancé :

— Vous ne la connaissez même pas !

Il y avait une telle hostilité dans le ton de Florence que Jeanne a reçu la phrase comme un crachat au visage et elle n'a eu qu'un réflexe :

— Si vous la connaissez si bien, vous, allez donc lui demander pourquoi elle a cessé de vous parler depuis des mois !

Jeanne a raccroché.

Elle n'en a presque pas dormi de la nuit tant cet appel l'a déstabilisée.

En sortant du bloc opératoire, tout à l'heure, Jeanne est allée dire à Magali qu'elle avait transmis son message à Florence. En fait, elle ne lui a rien dit d'autre. Elle était mal à l'aise. Magali aussi, visiblement. Ses yeux bougeaient sans cesse.

Prétextant qu'on l'attendait à une réunion, Jeanne a embrassé Magali rapidement et elle est sortie en hâte du solarium.

Même lorsqu'elle avait peu de temps à sa disposition, Jeanne n'a jamais été expéditive avec Magali, sauf à l'époque où elle déplaçait sa chaise, en évitant sciemment tout contact, pour ensuite s'esquiver.

En s'en allant, Jeanne a croisé une visiteuse dans le couloir. En un éclair, l'idée lui est venue qu'il s'agissait peut-être de Florence.

Jeanne s'est arrêtée et s'est retournée.

La femme est entrée dans le solarium et s'est tout de suite dirigée vers la droite, où il n'y avait que Magali.

Chapitre 24

Jeanne se verse un autre verre de vin. Elle ne devrait pas boire autant ce soir. Elle opère à huit heures demain matin.

Depuis trois jours, quand elle n'est pas à l'hôpital, Jeanne s'enferme dans son appartement. Elle a même pris son auto pour se rendre à son travail et en revenir. Comportement qui ne lui ressemble pas.

Elle n'est pas retournée voir Magali.

Elle n'ose pas. Elle ne sait plus où est sa place dans cette histoire.

Elle croit que Magali est en colère contre elle parce qu'elle s'est immiscée dans son monde secret, dans son atelier, au lieu de simplement y jeter un regard, comme de l'extérieur.

Pourtant, Jeanne n'a fait que s'en imprégner pour mieux connaître Magali « autre », comme cette dernière semblait le souhaiter. Mais ce n'est probablement pas ce que Magali voulait réellement. Pas à ce point, en tout cas.

C'était la première fois que Magali demandait à Jeanne de partir pendant une de leurs rencontres.

Et Magali, en plus de l'avoir interrompue brusquement et de lui avoir signifié avec une certaine impatience qu'elle voulait être seule, a réclamé Florence.

Cette dernière, au téléphone, a été on ne peut plus directe : Jeanne a usurpé la place de quelqu'un de beaucoup plus important qu'elle dans la vie de Magali.

Qui est-elle, en effet, Jeanne Deblois, dans la vie de Magali Coulombe ?

Une pure étrangère, qui a osé pousser sa chaise sans lui demander son avis. Rien de plus.

Jeanne est redevenue obèse dans sa tête.

Chapitre 25

Deux heures du matin.

Luc ne comprend rien à ce que lui raconte Jeanne au téléphone. Elle pleure trop.

Il lui dit qu'il arrive.

Quand il entre dans l'appartement, Jeanne est recroquevillée sur le tapis du salon et elle pleure encore.

Luc n'a jamais vu Jeanne pleurer. Et il ne l'a jamais vue dans cet état.

Elle lui crie :

— J'ai trop bu. Il faut que tu me remplaces demain matin à la salle d'op.

D'ordinaire, Jeanne a le vin gai. C'est connu. Même dans les pires moments.

Luc a mis du temps à comprendre comment on pouvait arriver à boire et à rire après un bombardement sur l'hôpital dont on avait la charge, et où il y avait vingt-six morts et de nombreux estropiés, déjà estropiés.

Après la perte d'un patient.

Après une rupture.

C'est un des moyens de défense privilégié de Jeanne. Avec le travail et le sport. Luc le sait maintenant. C'est sa façon à elle d'éviter de couler à pic, d'exorciser la face sombre de la réalité, l'horreur toujours enfouie dans le quotidien, comme une mine antipersonnel prête à exploser sous le pas.

Ce soir, Jeanne a le vin plus que triste. Elle est effondrée.

Luc est profondément touché de la voir ainsi. Non seulement parce que Jeanne a mal, mais parce qu'elle a laissé tomber son armure et qu'elle lui laisse voir cette vulnérabilité extrême qu'il a toujours sentie présente en elle.

Il l'aide à se relever et à s'asseoir.

Il passe une débarbouillette mouillée sur son visage. Elle se laisse faire. Comme une enfant.

Elle se calme.

Elle suit le visage de Luc, ne le quitte pas des yeux. Il caresse la tête de Jeanne, son front, repousse quelques mèches de cheveux, essuie les larmes qui coulent doucement sur ses joues.

— Comment peux-tu m'aimer ?

Chapitre 26

Jeanne est arrivée vers onze heures au solarium, sans maquillage, les cheveux mouillés par la neige. Elle n'est pas passée au vestiaire avant de monter au sixième.

Elle a marché dans la petite tempête de ce début de décembre pour se rendre à l'hôpital. Cela lui a fait du bien.

La chaise de Magali était tournée vers l'entrée et non vers les grandes fenêtres, comme à l'accoutumée. Jeanne a cru à une négligence de la part du personnel, mais c'est Magali qui a demandé, hier, qu'on la place ainsi, pour mieux attendre Jeanne. Elle le lui a dit.

Elle a aussi expliqué à Jeanne ce qui s'est réellement passé quand cette dernière lui a parlé de l'atelier. Pourquoi elle avait subitement eu besoin d'être seule. Pourquoi elle lui avait demandé d'appeler Florence.

Le lit défait, le café dans la tasse et d'autres petits détails avaient fait comprendre à Magali que Florence était toujours près d'elle, dans le seul lieu où elle pouvait encore la rejoindre, l'atelier, puisque Magali avait décidé de jouer la morte en sa présence, pendant ses visites.

Magali et Jeanne se parlent depuis plus d'une heure.

Chapitre 27

Florence est belle. D'une beauté étrange, sauvage. L'âme à fleur de peau.

La photo que Jeanne a vue d'elle au solarium n'a pas capté cela.

Magali y est parvenue. Partout, dans son atelier, c'est Florence qui est là, dans les tableaux, dans les sculptures.

Pas la personne spécifique, plutôt quelque chose d'elle, de tout être humain, mais qui affleure si rarement chez la plupart des gens.

Dans l'atelier de Magali, Jeanne avait l'impression, sans comprendre pourquoi, d'être tout entière au-dedans de quelque chose de vivant. Ou, plus exactement, au-dedans du vivant.

Jeanne a soigné, réparé, rapiécé, réanimé des corps détraqués en espérant chaque fois sauver ou, à tout le moins, soulager l'être enfermé dedans, livré sans défense à un organisme hautement sophistiqué, mais instable, capricieux et périssable.

Et chaque fois qu'elle a ouvert un corps, Jeanne s'est retrouvée face à ce mystère de l'être enfoui quelque part, on ne sait où, sous les minces remparts de l'épiderme, du derme et de la couche adipeuse, dans les cavités humides et frémissantes où nichent les viscères fragiles et délicats. Il suffit que l'un d'eux défaille, flanche, pour que tout le reste risque d'être emporté. Quand cela se produit, on s'empresse de mettre en terre ou de brûler ce corps subitement devenu cadavre, avant que la fermentation et la putréfaction ne boursouflent et ne corrompent à jamais, sous nos yeux incrédules, l'image de qui fut.

Et puis plus rien. Personne. Nulle part.

Dans l'atelier de Magali, il y avait QUELQU'UN. Une présence imputrescible. Comme si Magali avait réussi à rendre, dans la matière inerte, ce que Jeanne a toujours cherché dans la chair palpitante. La vie fluide et intangible. L'humain, non pas encagé dans un corps, mais circulant librement, à travers les siècles, de génération en génération, de corps à corps.

Florence, soudain intimidée par la façon dont Jeanne la regarde, s'arrête de parler.

— Qu'y a-t-il ? demande Florence.

Jeanne baisse les yeux.

Silence.

Elle regarde de nouveau Florence.

— C'est vous.

Chapitre 28

Magali voudrait vivre le peu de temps qu'il lui reste à l'atelier. Avec Florence et Jeanne.

Ces dernières ne s'attendaient pas à une telle demande.

Pourtant, dès que Magali leur a fait part de son désir, elles se sont aussitôt mises à en rêver à leur tour, malgré toutes les difficultés et la logistique qu'une telle entreprise pourrait impliquer et les conséquences éventuelles pour chacune d'elles.

Elles y ont réfléchi pendant deux semaines. Elles en ont parlé. À deux. À trois.

Peu à peu, dans leur tête et dans leurs échanges, il est devenu évident que le rêve extravagant se transformait en projet réalisable, avec des solutions concrètes à des problèmes précis.

Elles sont maintenant prêtes à prendre tous les risques pour vivre ensemble à l'atelier. Elles en ont besoin, chacune pour des raisons différentes.

Jeanne informe le Dr Plourde de leur décision.

Cette idée, qui lui apparaît tout à fait aberrante, le dépasse.

Quel intérêt pourrait-il y avoir à ce que Mme Coulombe se retrouve dans un lieu totalement inadapté à ses besoins, dans l'état où elle est ?

Il arrive qu'au seuil de la mort des patients souhaitent retourner chez eux, retrouver leur univers et ceux qu'ils aiment. C'est compréhensible. La plupart du temps, ils savent eux-mêmes que ce n'est plus possible, dans les faits. Ils n'ont plus la force de vivre le moindre changement ni celle de supporter ce qu'ils imposeraient de la sorte à leurs proches.

Dans le cas précis de Mme Coulombe, c'est pire. Non seulement elle est paralysée et muette, ce qui requiert des soins exceptionnels et constants, mais elle peut vivre encore six mois, un an, qui sait, malgré les prédictions. Elle a déjà fait mentir tous les pronostics.

Si elle sortait des soins palliatifs, il serait hors de question qu'elle y revienne dans l'éventualité où, au bout de deux semaines, un mois, trois mois, le Dr Deblois changerait d'avis et trouverait le cas trop lourd. Mme Coulombe serait alors placée aux soins prolongés, peu importe son état.

— Je suis prête à vous signer une décharge. Tout ce que vous voudrez. Je prends l'entière responsabilité de cette affaire.

Le Dr Plourde n'en revient pas. C'est de la folie. Le Dr Deblois, une chirurgienne réputée impassible et logique, est prête à interrompre toutes ses activités pour s'occuper, pendant un temps indéterminable, d'une femme impotente et condamnée.

— De toute façon, c'est la volonté de Magali et nous comptons la respecter.

— Ce n'est pas à vous de décider du sort de Mme Coulombe. Ni à sa petite amie. Ni même à la patiente, étant donné son incapacité. C'est à sa mère que revient cette décision. Elle a tous les droits légaux.

Chapitre 29

Reine n'a jamais accepté Florence.

En fait, que sa fille aime une femme la dérange profondément. Avant Florence, Magali aimait les hommes. Elle était normale. Cela rassurait Reine, d'une certaine façon.

Magali œuvrait dans le domaine des arts visuels, certes, ce que Reine ne prisait guère, mais au moins elle fréquentait des hommes. C'était déjà cela. Même s'il s'agissait la plupart du temps d'artistes sans le sou et sans talent, selon elle, ou d'écrivains qui n'arrivaient même pas à vivre de leur plume.

La requête de Florence ne prend pas Reine par surprise, même si elle la trouve totalement insensée. Le Dr Plourde l'a heureusement prévenue de ce qui s'est tramé à son insu.

La position de Reine est claire. Magali n'est plus en mesure de décider ce qui est le mieux pour elle. Il y a longtemps qu'elle a perdu le contact avec la réalité et qu'elle n'arrive plus à communiquer de façon significative.

Cette incapacité n'est pas une mauvaise chose, au fond, pour Reine. Elle ne l'avouera évidemment pas à Florence.

Magali ne peut plus la tourmenter avec cette vieille histoire que Reine croyait enterrée depuis longtemps, mais que Magali a ressortie du placard, au début de sa maladie, pour revenir à la charge avec plus d'entêtement que jamais.

Reine préfère que Magali reste enfermée dans son mutisme jusqu'à sa mort — qu'elle souhaite prochaine —, plutôt que de la voir ressusciter, en quelque sorte.

Pourtant, elles s'aimaient tellement, toutes les deux, lorsque Magali était petite. Elles étaient si complices, avant que Magali se mette à raconter ses abominations au sujet de Paul, son deuxième mari.

C'est par jalousie que Magali avait tenté de détruire son second mariage.

Magali n'avait pas accepté que Reine-Aimée décide de refaire sa vie et qu'elle permette à Paul de faire éclater le petit cocon qu'elles s'étaient construit après la mort du père de Magali, quelques années auparavant.

Et encore moins que Reine-Aimée, sa « petite maman chérie », porte un enfant de cet homme.

C'est pendant cette grossesse que Magali avait commencé à changer et à inventer ses histoires invraisemblables.

Comme si Paul, qui ne leur refusait rien, qui les avait fait accéder à une vie de rêve qu'elles n'auraient jamais connue autrement, avait pu abuser de Magali.

Reine ne pouvait pas laisser Magali, avec ses machinations d'enfant unique, possessive et égoïste, anéantir le bonheur inespéré qu'elle vivait enfin.

Magali doit rester enfermée dans sa crypte pour ne pas ébranler Reine de nouveau, comme elle l'a fait, il y a un an et demi, au point de la rendre malade. Ça ne donnerait rien à personne, de toute façon. C'est trop tard. Magali va mourir. Pourquoi revenir sur ce passé comprimé patiemment sous d'épaisses couches de silence, année après année? Si tout était déterré, comme Magali le souhaite, et que le doute se transformait en certitude pour Reine, que lui arriverait-il à elle, lorsque Magali ne serait plus là? Comment pourrait-elle continuer à vivre avec Paul, à vivre tout court, avec cette vérité?

Car même si Reine s'est bien défendue des attaques répétées de sa fille et qu'elle est parvenue, quoi qu'il lui en coûte, à sauver son mariage, sa famille, Magali a tout de même réussi, et cela dès le début, alors que Reine-Aimée était enceinte de Bertrand, à lui injecter son terrible poison : le doute.

Reine s'ingénie encore à faire taire ce doute, à le museler, à le recouvrir de lourds arguments capables de confondre moins Magali qu'elle-même.

Florence regarde Reine discourir, pérorer, ergoter, affirmant qu'elle ne laissera personne bouleverser la vie de sa fille, qu'elle s'est battue pour éviter le transfert de Magali aux soins prolongés, qu'elle fait entièrement confiance au Dʳ Plourde qui connaît très bien le cas de Magali. Qu'avoir su, elle n'aurait pas conservé l'atelier de Magali, elle n'aurait pas négocié avec l'administration du Centre de la culture, elle n'aurait pas fait les dons qu'elle a faits pour respecter un souhait complètement irrationnel de Magali. On ne peut pas revenir en arrière, certes, mais on ne l'y prendra plus. Il est hors de question qu'elle permette à Magali de sortir des soins palliatifs.

Florence déteste la mère de Magali.

Elle a en horreur la façade élégante et charmante derrière laquelle cette femme dissimule sa misère, sa fausseté.

Elle est allergique au son de sa voix, obséquieux et outré à la fois, et au déluge de mots dont elle se sert pour masquer la cruauté de son silence.

Dès le début de son adolescence, Magali a cessé d'appeler sa mère sa « petite maman chérie » ou sa « Reine-bien-Aimée ».

Sa mère n'a plus été qu'une « Reine », déloyale et injuste. Indigne.

De sa majorité à sa maladie, Magali n'a presque plus eu de contacts avec sa mère. Sinon pendant la période de Noël et à son anniversaire, parce que Reine tenait absolument à lui offrir des cadeaux exorbitants.

Magali acceptait tout, sans rien offrir en retour. Attitude qui n'offusquait en rien Reine, qui croyait pouvoir ainsi laver peu à peu sa conscience en versant régulièrement son tribut, mine de rien, sous le couvert d'une mansuétude exemplaire à l'endroit de sa fille et d'une générosité édifiante.

Mais en apprenant que Magali était atteinte d'une maladie dégénérative et fatale, Reine a compris qu'elle ne pourrait plus continuer à acheter ainsi sa tranquillité d'esprit.

Tout en sachant qu'elle n'avait rien à voir dans le mal terrible qui frappait Magali, elle ne pouvait s'empêcher de croire qu'elle devait quand même avoir une part de responsabilité dans le malheur qui s'abattait sur sa fille. Elle n'en avait parlé à personne, mais elle n'arrivait pas à s'enlever cela de la tête.

Pour lutter contre l'anxiété qui grandissait en elle au fur et à mesure que les symptômes de Magali se multipliaient et s'aggravaient, Reine avait décidé de faire tout ce qui était en son pouvoir pour soutenir Magali dans son épreuve, jusqu'à ce que la mort vienne la délivrer. Après, il serait trop tard pour se racheter. Et, surtout, pour dire à Magali à quel point elle l'aimait, malgré tout ce qui les avait séparées.

À ce moment, Magali était complètement atterrée par ce qui lui arrivait. Son univers avait déjà commencé à se rétrécir. Elle avait l'impression que ses jambes, la gauche surtout, s'étaient vidées de leurs muscles et de leurs os pour se remplir d'une poix visqueuse et glacée. Elle boitillait de plus en plus, s'enchevêtrait les pieds, perdait l'équilibre comme si elle s'enfonçait tout à coup dans la vase, tombait sans raison. Elle avait des crampes et des tressaillements douloureux. Elle sentait que le mal montait en elle, qu'il envahissait lentement ses hanches et son bras gauche. Et qu'il allait inexorablement l'emmurer vivante dans son propre corps.

Quand Reine était venue vers elle en lui tendant les bras, Magali avait un besoin viscéral de retrouver sa mère. Celle qu'elle avait eue, petite fille, et qu'elle avait perdue. Et elle n'avait pas refusé ce retour inopiné.

Pendant quelques mois, Magali avait cru à un rapprochement inespéré, à une ultime possibilité de réconciliation.

Reine était bel et bien déterminée à réparer le passé. Et elle faisait tout pour cela. Sauf accepter de parler de ce passé. Sauf consentir à simplement reconnaître qu'il avait eu lieu. Sauf avouer quoi que ce soit.

Magali l'avait menée au bord de la confession, si près que Reine avait failli céder, s'ouvrir, admettre. Mais, au dernier moment, Reine avait opéré un recul radical et elle avait repris ses distances, tout en continuant à faire «ce qu'il fallait», avec une sollicitude factice empreinte de mauvaise conscience et de peur.

À partir de là, Reine avait cessé de regarder Magali en face. Et elle avait souhaité qu'elle meure au plus tôt pour que les choses ne soient pas dites, clairement, entre elles. Parce que, après, Reine ne pourrait plus faire semblant. Sa vie en serait à tout jamais altérée.

Florence regarde Reine. Elle voudrait la tuer. La capacité qu'a cette femme de s'esquiver, tout en sauvant la face, la rend furieuse.

— Vous lui devez au moins ça, après avoir nié si obstinément que votre mari a abusé d'elle, sous votre toit! Et que vous le saviez parfaitement!

Reine ne s'attendait pas à un affrontement si direct. Elle est plutôt du genre à louvoyer, à dissimuler, à faire comme si de rien n'était. Elle est estomaquée.

Même Magali s'est toujours avancée à pas prudents sur ce terrain, par peur de voir sa mère se briser sous ses yeux, comme cela était arrivé à la mort de son père, quand elle avait six ans.

— Vous l'aimez ou pas ?

Silence.

— Je ne vous demande qu'une chose. Une seule. Allez voir votre fille.

Chapitre 30

Reine-Aimée n'en dort pas pendant deux jours.

Paul, son mari, s'inquiète, mais Reine-Aimée ne lui dit rien de sa rencontre avec Florence et ne lui parle pas de Magali. Elle lui fait croire que son état est une réaction à un nouveau médicament que son médecin lui a prescrit. Que cela va passer.

Les dernières fois que Reine a rendu visite à sa fille, il y a de nombreux mois, Magali était dans un état comateux. Elle ne réagissait plus du tout.

Elle était morte, aux yeux de Reine. Son corps était toujours là, mais Magali était partie et elle ne reviendrait plus.

Or, elle est de retour, au dire de Florence. Avec toute sa conscience et son implacable lucidité. Avec toute sa mémoire et sa souffrance enclose. Avec son incroyable volonté d'aller jusqu'au bout.

Florence a été directe, brutale avec Reine, ce qui l'a terrassée. Elle lui a dit les choses telles qu'elles étaient, sans ménagement aucun et sans lui permettre de s'élancer et de se noyer dans ses justifications contournées pour camoufler le passé dans un déluge de mots.

Mais ce qui a peut-être le plus ébranlé Reine, c'est d'entendre la vérité dite crûment par quelqu'un d'autre que Magali. Comme un fait. Comme si Florence avait déposé entre elles un objet dont il est maintenant impossible de nier l'existence.

Reine-Aimée n'est plus capable de se raconter d'histoires. Elle ne peut plus faire semblant.

Elle ne le veut plus.

Toute sa vie et celle de Magali ont été minées par cette réalité que Reine s'est obstinée à garder enfouie malgré tous les efforts de Magali pour la désamorcer, lui enlever sa charge mortelle.

Il y a plus d'un an, Magali l'a amenée au bord de l'aveu, mais Reine n'était pas prête.

Reine en était encore aux calculs mesquins. Elle se disait alors que même si elle s'avouait et avouait clairement à Magali qu'elle savait tout sur ce qui s'était passé, même si elle demandait pardon, de tout son cœur, à sa fille, Magali mourrait quand même et, elle, elle perdrait tout. Magali d'abord, mais aussi la sécurité qu'elle avait acquise en épousant Paul.

Magali ne serait plus là et Reine se retrouverait seule à un âge où il vaut mieux avoir quelqu'un près de soi, même si on est à l'abri des soucis financiers. Et, surtout, elle devrait vivre avec la honte et l'incapacité, désormais, de réparer le mal qu'elle avait fait à Magali.

Reine-Aimée n'en est plus là. Elle sait qu'il y a bien longtemps qu'elle a tout perdu, malgré les apparences.

Elle ne veut plus qu'une chose : retrouver sa fille avant qu'il ne soit trop tard.

Chapitre 31

Reine-Aimée est rentrée de l'hôpital épuisée, le manteau ouvert malgré le froid, sans foulard et sans gants.

En allant voir sa fille, elle a cru qu'elle allait mourir en route tellement l'angoisse, la douleur et la tristesse l'étreignaient.

Elle s'est enfermée dans la salle de bains et elle vomit.

Paul frappe à la porte. Il croit que Magali est morte. Il essaie de réconforter sa femme.

Reine a vomi souvent, en rentrant de l'hôpital, les nombreuses fois où on l'avait appelée au chevet de Magali qui se mourait.

Paul prenait alors soin de Reine pendant plusieurs jours, l'écoutait, sortait avec elle pour lui changer les idées, la gâtait.

Mais aujourd'hui, rien ne pourra distraire Reine-Aimée de ce qu'elle vient de vivre.

Sa rencontre avec Magali a été toute simple, étonnante.

Reine-Aimée s'est assise en face de Magali et, pendant un long moment, elles ont laissé parler leurs regards chargés d'une peine incommensurable.

Puis les mots sont venus spontanément à Reine-Aimée, justes et vrais.

Reine-Aimée n'arrive pas à comprendre pourquoi elle s'est tue tout ce temps. Ce qu'elle a voulu préserver lui apparaît maintenant sans valeur à côté de ce dont elle les a privées, Magali et elle.

Elle sort de la salle de bains, mais elle ne se laisse pas recueillir par les bras réconfortants de Paul.

Elle se tient droite devant lui, très calme mais inflexible.

— Toi et moi, c'est terminé, Paul.

Elle monte à l'étage, ramasse quelques affaires, fait ses valises et s'en va sans autre explication.

Paul la suit partout, jusque dans la rue, l'implorant de lui parler, de ne pas le quitter, mais il est trop tard.

Plus rien ne peut acheter Reine-Aimée.

Chapitre 32

Reine-Aimée a signé tous les papiers. Elle les montre à Magali en riant et en pleurant.

Puis à Florence et à Jeanne, comme pour leur prouver que c'est bien vrai, qu'elle l'a fait.

Il y a quelque chose dans l'air. Une exaltation et un amour qui rendent ces femmes belles.

Chapitre 33

Florence a réussi à négocier un congé de quelques semaines avec l'université. Elle a établi un protocole expérimental précis pour que ses assistants puissent poursuivre ses recherches en son absence.

Même si ce congé se greffe à celui des Fêtes, les administrateurs et certains de ses collègues craignent quand même que ses recherches en soient affectées une fois encore. D'importantes subventions sont reliées à son travail parce qu'elle a acquis une réputation internationale. Or, elle s'est beaucoup absentée ces deux dernières années pour s'occuper de son amie malade, ou pour récupérer après l'avoir aidée.

Florence pressentait que quelque chose n'était pas achevé pour Magali. Pour elle aussi.

Magali lui a donné le temps de reprendre des forces, de se remettre de la période infernale qu'elles ont vécue, de se faire à l'idée qu'elle allait mourir. Comme elle-même, un jour, comme Jeanne, Reine-Aimée. Comme tout le monde. Sauf que, pour Magali, l'échéance est plus prévisible.

Florence prépare ses bagages.

Outre le nécessaire, elle apporte ces petites choses qui sont des jalons dans leur histoire. Des repères qui les ont guidées peu à peu vers un refuge secret dans la forêt dense qu'elles traversaient jusqu'alors chacune de leur côté. Un espace où l'on peut être soi, avec l'autre. À l'écart de ce qu'on doit inévitablement affronter au-dehors. Un lieu de consolation, mais bien plus encore. Un lieu où peut se déployer la vie, dans toute sa splendeur, avec toutes les difficultés qu'elle comporte. Un lieu vrai.

Florence met dans un coffret de bois conçu à cet effet douze statuettes d'argile qu'elle a achetées à Magali, la première fois qu'elle l'a rencontrée, il y a plus de huit ans.

Chaque automne, quand une centaine d'artistes professionnels ouvraient leurs ateliers au public pour quelques jours, Florence venait faire son pèlerinage.

Elle louait une chambre dans une auberge, toujours la même, face à un grand parc, à dix minutes du centre-ville. Elle s'y sentait chez elle. C'est d'ailleurs là qu'elle séjournait quand elle venait voir Magali aux soins palliatifs une fois son condo vendu. Elle refusait d'aller dormir à l'atelier de Magali, sans Magali.

À la bibliothèque centrale, on remettait aux visiteurs un répertoire des artistes et une carte sur laquelle était indiqué le site des différents ateliers ouverts. Florence allait chercher ce répertoire et ce plan le vendredi, en arrivant en ville et, le soir, elle décidait de son parcours pour les deux prochains jours. Il y avait des endroits où elle retournait chaque année. Elle aimait les œuvres de certains artistes, elle s'était liée avec d'autres sans forcément que leurs œuvres l'impressionnent. Elle était aussi fascinée par certains ateliers, en eux-mêmes. Dans ses itinéraires, elle incluait toujours des endroits qu'elle n'avait jamais visités, des artistes dont elle n'avait encore rien vu.

Ces pèlerinages dans les ateliers d'artistes, comme ses nombreuses visites dans les galeries d'art et dans les musées du monde entier, relevaient de la même quête que celle qui l'avait poussée vers la génétique.

À quinze ans, Florence avait appris, par pur hasard, qu'elle était une enfant adoptée. Elle l'avait toujours soupçonné, sans preuve aucune, et même si sa famille n'avait fait aucune distinction entre elle et ses deux frères aînés, même si elle avait été adulée, même si le milieu dans lequel elle vivait était sain, plein de chaleur et de rire.

Toute sa vie en avait été bouleversée.

Malgré ses nombreuses démarches, elle n'avait pas réussi à retrouver la trace de ses parents biologiques. Au milieu de la vingtaine, elle avait fini par renoncer. Mais le vide demeurait.

Jusqu'à sa rencontre avec Magali, il lui arrivait souvent de regarder longuement ses mains, son visage, son corps, et de se demander qui étaient ceux qui étaient là, en elle, et qui lui avaient légué ce bel héritage, pour disparaître aussitôt, sans se nommer et sans laisser d'adresse. Elle ne comprenait pas que ses parents aient pu l'abandonner, la donner, elle, qui venait d'eux.

La génétique avait nourri ses questions, les avait fait passer de son histoire personnelle à des interrogations plus fondamentales.

L'individu est-il le Grand Œuvre, stupéfiante résultante d'une lignée presque infinie de personnes qui, deux à deux, sans qu'il soit important de savoir qui au juste, avaient entremêlé leurs corps, entrelacé leurs gènes, pendant des millénaires? Et cela, pour arriver jusqu'à lui, précisément, cet individu particulier, pareil à nul autre sur terre, œuvre d'art géniale, même avec les tares conservées et transmises fidèlement de siècle en siècle, et les mutations survenues ici et là, au fil du temps, sortes d'initiatives personnelles pour inscrire sa marque dans le patrimoine génétique?

Ou l'individu n'est-il qu'un simple vecteur de gènes, comme un vulgaire moustique?

N'est-il que lui, coincé dans l'identité restreinte de son empreinte génétique distincte? Isolé dans une foule d'individus tout aussi solitaires, séparés, ne pouvant se rejoindre qu'en unissant leurs corps pour que leurs gènes se rencontrent, se marient ?

Ou l'individu est-il TOUS LES AUTRES, ceux qui l'ont porté tour à tour à travers les âges, mais beaucoup plus que cela, porteur lui-même de l'humanité entière ? Comme si chaque individu était le reposoir, sacré mais passager, de tout ce que les humains peuvent ressentir au-dedans, quels que soient leur âge, leur sexe, leur race, le lieu et l'époque où ils vivent.

L'art semblait receler des réponses que la génétique n'arrivait pas à donner à Florence malgré son travail acharné.

Quand Florence est entrée dans l'atelier de Magali, quelque chose s'est passé en elle.

C'est d'abord Magali qu'elle a vue, dont elle a reçu le premier choc.

Magali marchait de long en large, sans regarder personne, comme une bête en cage, dans son petit atelier où se déplaçaient déjà quatre visiteurs et où il n'y avait que des œuvres minuscules, des tableaux dont il fallait s'approcher pour en découvrir le sujet et des statuettes regroupées un peu partout pour créer une histoire.

Les quatre visiteurs avaient fini par s'en aller.

Magali s'était alors arrêtée et avait regardé Florence.

— Je suis désolée, je ne supporte pas que des gens entrent dans mon atelier comme dans un moulin, fassent des commentaires, me demandent pourquoi j'ai fait telle chose ou telle autre. Pourquoi je fais si petit. Pourquoi je ne fais pas de vrais tableaux, de vraies sculptures. On viole mon territoire. C'est la première fois que j'ouvre mon atelier. Mais je ne le ferai plus jamais. Ce n'est pas pour moi.

— Vous n'avez qu'à mettre une note à la porte disant que l'atelier est fermé. Je vais d'ailleurs partir moi-même.

— Non ! Restez !

Silence.

— Je vais écrire un mot et descendre l'afficher à la porte.

Silence.

— Restez, je vous en prie. Regardez au moins ce que j'ai fait.

Silence.

— Vous, ce n'est pas pareil.

Silence.

— Je ne sais d'ailleurs pas pourquoi.

Magali avait pris un bloc à dessin et y avait inscrit quelques mots. Puis, elle était descendue.

Florence avait commencé à regarder les œuvres de Magali.

Il y avait, entre autres, ce groupe de douze statuettes d'argile.

Chacune était minutieusement travaillée. Chacune avait un visage particulier, une attitude singulière, une identité spécifique. Pourtant, elles ne prenaient véritablement leur sens que dans le fait d'être réunies.

Florence était restée.

Chapitre 34

Luc est chef du service de chirurgie. Il pourra organiser le remplacement de Jeanne en consultant les autres chirurgiens. Le temps des Fêtes approche ; il y aura, de toute façon, moins d'interventions. Après cette période plus tranquille, si Jeanne ne peut reprendre le travail tout de suite, il trouvera une solution.

Il écoute Jeanne. Il ne comprend pas encore ce qui a pu se passer entre elle et la femme atteinte de sclérose latérale amyotrophique, mais il sent que l'intérêt de Jeanne pour Magali ne relève aucunement d'une lubie, encore moins d'une tentative obscure de racheter sa fuite du Kenya et son désengagement total, par la suite, des services de l'aide internationale.

Il était à Lokichokio avec elle lorsque Jeanne s'était fait rapatrier avant la fin de son contrat. Ils avaient plusieurs fois travaillé en tandem à l'étranger.

En quelques heures, il avait vu Jeanne se transformer, sans arriver à discerner ce qui avait été la cause exacte de ce retournement, de cette fermeture subite. Elle était tout aussi efficace, rapide et infatigable que d'habitude, mais elle était devenue de pierre. Une machine. Un automate.

Chaque fois qu'il y avait un état d'urgence, de catastrophe, toute l'équipe entrait presque par magie dans une harmonie parfaite, comme si le rythme vital de chacun non seulement s'accélérait mais se branchait sur celui des autres pour arriver à faire ce qu'ils ne seraient jamais arrivés à faire, même ensemble, dans des circonstances plus normales. Les paroles étaient réduites au strict minimum, les gestes étaient précis, coordonnés, les décisions se prenaient sur-le-champ, sans palabres, parfois seulement par l'échange de regards, de hochements de tête. Ce n'étaient plus des individus — infirmières, médecins, chirurgiens, cuisiniers, assistants de toutes sortes — qui agissaient chacun de leur côté, mais une seule entité, l'équipe. Cette cohésion leur permettait d'agir au delà du tolérable et de transfuser régulièrement à celui ou à celle qui faiblissait, à un moment ou à un autre, devant toute cette détresse humaine qui les dépassait, encore un peu de force, de courage, de sens, pour continuer, humblement, à faire les petites choses qu'il ou elle avait à faire.

Mais Jeanne, ce jour-là, avait perdu la foi. Elle n'était plus des leurs.

Même Luc n'avait pas réussi à lui redonner l'élan nécessaire pour qu'elle reste. Pourtant, c'était elle qui lui avait communiqué l'envie de se lancer lui aussi dans une telle aventure. Et, lors de sa première mission, c'était elle qui lui avait appris comment traverser les moments les plus difficiles, spécialement ceux où le sentiment d'impuissance l'avait envahi, terrassé.

Il arrivait souvent que de nouveaux coopérants, malgré les nombreuses mises en garde des organisations humanitaires, arrivent pleins de beaux idéaux pour repartir quelques semaines ou quelques jours plus tard, parce que le contact avec la réalité n'avait rien à voir avec leurs rêves de sauver le monde.

Parfois, là où ils étaient envoyés, il n'y avait aucun état d'urgence, juste le maintien du fonctionnement régulier, routinier, d'un centre de nutrition ou d'un hôpital de camp de réfugiés déjà bien organisés, alors qu'ils voulaient connaître le danger, risquer leur vie et faire de grandes choses pour l'humanité. Les tâches pouvaient être tout à fait simples, ingrates, nécessaires mais sans éclat apparent, voire un peu absurdes et contradictoires à cause de situations politiques souvent aberrantes.

D'autres fois, c'était véritablement le face à face avec la misère humaine, crue et nue, et non plus filtrée, maquillée par les médias télévisés qui les avaient poussés à s'engager, qui jetait par terre leur velléité d'héroïsme.

Dans certains cas, les insectes suffisaient, ou la touffeur de l'air, les scorpions, la mousson.

Cependant, il arrivait aussi que des vétérans comme Jeanne cassent. Cela se produisait la plupart du temps d'un coup sec, sans signes précurseurs, sans raisons évidentes.

Comme si, soudain, ils prenaient conscience que leur tâche consistait en fait à rouler, avec d'autres, à mains nues, un énorme rocher vers le sommet d'une très haute montagne en sachant pertinemment qu'une fois là-haut, ou même en cours de route, le rocher retomberait jusqu'en bas, où de nouveaux rochers à monter se seraient encore ajoutés, sans fin, pour l'éternité, sans aucun espoir que cela s'arrête un jour.

Ces vieux routiers savaient très bien que la règle d'or était de garder sans cesse les yeux rivés aux tâches concrètes qu'ils avaient à exécuter, aux personnes précises dont ils avaient à s'occuper, par exemple, l'enfant qui se mourait devant eux et à qui ils pouvaient concrètement donner eau, lait, nourriture, antibiotiques et soins.

Mais brutalement, ils étaient foudroyés, obnubilés par une vision infernale. Cette montagne qu'ils tentaient péniblement de gravir pas à pas était en réalité un gigantesque charnier, grossissant un peu plus chaque jour, et d'où des survivants essayaient désespérément de s'extraire, un peu partout.

Tout cela, à cause de la folie des hommes, universelle, inextinguible, insatiable.

Jeanne avait eu accès, un très bref instant, à travers le regard de quelques humains massacrés, entassés à l'arrière d'un camion, à cette vision vertigineuse du grand charnier où des millions de personnes bougent encore, souffrent et regardent, stupéfaites, l'immonde fureur carnassière en train de les broyer, eux, personnellement, et ceux qu'ils aiment, ceux qu'ils connaissent. Mais aussi ceux qu'ils croyaient haïr, d'une haine millénaire, et tous les autres, dont ils ne savent rien, sinon qu'ils sont tous là, leurs corps entremêlés aux leurs, dans une vie qui ressemble à la mort, la souffrance en plus.

Elle n'était pas arrivée, malgré son désir, sa volonté, ses efforts, à revenir en arrière, à retrouver l'innocence, toute relative, et le pragmatisme qu'il lui aurait fallu pour poursuivre.

Luc pense que Jeanne n'est jamais parvenue à se le pardonner, mais il ne croit pas pour autant qu'elle se soit inventé une nouvelle mission, réparatrice, en s'occupant de Magali.

D'ailleurs, il n'a pas l'impression que Jeanne « s'occupe » de Magali. Il s'agit d'autre chose, qu'il ne saurait nommer.

Tout ce dont il a la certitude, c'est que, au contact de Magali, Jeanne a changé.

Comme si elle avait renoncé à vivre dans son bunker, à l'abri de quelque danger chimérique. Avant, elle ne consentait à sortir de son blockhaus blindé que rarement, toujours prudemment et jamais pour longtemps.

Maintenant, Jeanne vit à découvert.

Luc écoute et regarde cette femme qui le touche tant.

Chapitre 35

Magali n'a pas dormi. Elle est épuisée. Elle s'est étouffée à deux reprises, dangereusement, la nuit dernière. Ce matin, elle a le souffle court et sa peau a bleui. Elle est glacée.

Jeanne l'a recouverte de plusieurs couvertures et elle a placé de petits coussins chauffants un peu partout sur elle, sur son ventre, aux plis de l'aine, aux aisselles.

Elle a fait venir d'urgence une bonbonne d'oxygène, même si, dans le dossier de Magali, il est inscrit, en grosses lettres rouges, en haut de chaque page, PAS D'OXYGÈNE.

Luc, de son côté, est allé chercher un appareil pour aspirer les mucosités qui encombraient la gorge de Magali.

Quand Jeanne est arrivée avec Luc pour procéder au transport de Magali par ambulance, cette dernière était en pleine panique. Son regard était terrifié.

Elle avait peur que, à cause de ce qui venait de se produire et de l'état dans lequel elle se retrouvait, son transfert à l'atelier soit jugé impossible, au-dessus de ses forces, au-dessus de celles de Jeanne, de Florence et de sa mère. Pire encore, elle craignait qu'on pense que ce n'était plus ce qu'elle voulait vraiment et que c'était sa façon à elle de marquer sa volte-face.

Or, la nuit dernière, si elle n'a pas dormi et si elle s'est étouffée comme elle l'a fait, c'est qu'elle était surexcitée, heureuse comme un enfant à la veille d'un événement extrêmement important pour lui, qu'il attend depuis long-temps, avec impatience et frénésie.

Quand Jeanne l'a trouvée dans cet état, elle s'est aussi-tôt demandé si elles ne s'étaient pas laissé emporter par un rêve complètement fou. Magali allait probablement mourir avant même d'avoir franchi le seuil des soins palliatifs, le jour même où elle devait rentrer chez elle, enfin, pour par-tir tranquille, entourée.

Une fois sa respiration rendue plus aisée et son corps un peu réchauffé, Magali a demandé à Jeanne le tableau de communication.

La volonté de Magali est claire et les raisons de sa détresse respiratoire de la nuit dernière tout autant.

Jeanne rassure Magali et lui jure que son transfert se fera sitôt qu'elle aura repris son rythme de respiration et qu'elle se sera reposée.

Florence et Reine-Aimée sont à l'atelier. Elles se prépa-rent à l'arrivée de Magali. Elles savent qu'il y aura du retard. Elles sont fébriles, anxieuses. Elles ont peur que ce retard s'éternise, que Magali meure là-bas, sans qu'elles soient auprès d'elle.

Jeanne glisse dans le baladeur de CD le *Stabat mater* pour soprano et cordes de Boccherini, que Magali aime tant, et elle installe les écouteurs sur ses oreilles.

Luc est assis en retrait, près de la fenêtre.

Magali ferme les yeux pendant que Jeanne commence à masser très doucement ses pieds et ses jambes marbrés pour faciliter la circulation sanguine et accélérer l'oxygéna-tion des cellules.

Magali se détend, s'abandonne.

Chapitre 36

En fin d'après-midi, lorsqu'on sort la civière de l'ambulance, Magali demande à Jeanne qu'on s'arrête un moment, avant d'entrer, et qu'on lui retire le masque à oxygène.

La neige tombe doucement, en gros flocons, sur son visage.

L'air est bon. Les bruits sont feutrés et les lumières de la rue forment un long collier de halos ouatés.

Le dosage de ses médicaments a été ajusté après l'épisode de la nuit dernière et aussi pour que son voyage se fasse sans heurts. Magali a l'impression de glisser d'un univers à l'autre, de flotter.

Les larges portes de son atelier sont ouvertes. Florence et Reine-Aimée viennent à sa rencontre. Tout est murmure et joie contenue.

Le passage de la civière au lit se fait presque sans douleur pour Magali, grâce au palan qu'elle avait fait installer et courir sur le plafond haut pour déplacer ses sculptures. Jeanne y a ajouté ce qu'il fallait pour l'adapter au déplacement de Magali. Dans ses nombreuses missions à l'étranger, elle a eu souvent à user d'ingéniosité pour s'accommoder des moyens du bord. Ici, elle s'est aussi efforcée de respecter l'environnement de Magali et de ne pas donner un aspect trop semblable à celui d'un hôpital à ce qu'elle a modifié pour les besoins de Magali. À part son lit imposant, rien n'a vraiment changé dans son atelier.

Les ambulanciers repartent pendant que Florence et Reine-Aimée couvrent soigneusement Magali, lui donnent quelques gorgées d'eau sucrée, lui humectent les lèvres, remontent le haut de son lit, lui parlent, lui caressent la tête, les mains.

Luc n'avait jamais rencontré Magali avant ce matin. Il a passé la journée avec elle et Jeanne. Il comprend mieux pourquoi Jeanne s'est attachée à cette femme. Quelque chose irradie de Magali, pourtant barricadée dans son corps, qui ressemble étrangement à ce qu'il a toujours perçu chez Jeanne, qui l'a magnétisé, au delà de toute raison, et qui l'a fait rester près d'elle, malgré toutes les barricades qu'elle érigeait entre elle et lui, en dépit de toutes ses retenues, de tous ses reculs, ses retraits.

Il se penche vers Magali et embrasse son front. Il lui dit que c'est un privilège pour lui d'avoir vécu cette journée avec elle et Jeanne.

Magali baisse lentement les paupières, puis les relève.

Elle réussit, une fois de plus, à concentrer toute l'intensité de ce qu'elle ressent dans un seul regard. Luc est troublé par la densité d'un tel contact.

Jeanne accompagne Luc jusqu'au taxi qui l'attend, en bas.

Elle est épuisée. Lui aussi. Comme s'ils venaient de passer trente-six heures à opérer côte à côte, ailleurs, dans une situation d'urgence.

Leur étreinte est longue, immobile et muette.

Quand Jeanne remonte et qu'elle ouvre la porte de l'atelier, Florence et Reine-Aimée sont auprès de Magali. Jeanne est heureuse. Pour les laisser se retrouver et parce qu'elle a besoin d'être seule, Jeanne redescend et marche dans les rues, légère, sous la neige tranquille.

Chapitre 37

La première journée n'est pas facile.

Reine veut tout régenter. Elle a signé les papiers permettant la sortie de Magali, elle se sent donc responsable de son bonheur et du bon fonctionnement des choses.

Elle veut réaménager l'atelier pour qu'il soit plus fonctionnel et elle veut déterminer qui sera auprès de Magali, à quelle heure et pour combien de temps.

De plus, elle a horreur des chats. Elle ne comprend pas quelle idée Florence a eue de ramener le chat de Magali ici. Elle voudrait qu'on se débarrasse de Loup au plus tôt, prétextant que ce n'est pas bon pour les voies respiratoires de Magali. D'autant plus que Loup dort sur son lit, tout près de son visage.

Vingt-quatre heures sont à peine passées que Magali est exaspérée, furieuse. Elle s'étouffe fréquemment. Elle a mal partout.

Elle regrette d'avoir permis à Reine de venir vivre à l'atelier avec elles. Son rêve vire au cauchemar.

À plusieurs reprises, elle essaie de dire à sa mère que c'est assez, que ce n'est pas ce qu'elle veut, mais Reine est hyperactive, volubile, survoltée. Elle ne prend même pas la peine de la laisser parler à l'aide du tableau de communication.

Jeanne et Florence se retiennent du mieux qu'elles peuvent, par peur de provoquer un esclandre et que Magali en souffre davantage.

Elles parlementent à voix basse avec Reine, qui ne veut rien entendre. Elle est la mère de Magali et c'est son devoir de s'occuper de sa fille.

Florence n'arrive à avoir aucune intimité avec Magali. Jeanne sort pour aller marcher, lire dans un café, décompresser, mais Reine reste là, même lorsque Jeanne l'invite à l'accompagner. De plus, Reine ne supporte pas de voir Florence s'étendre aux côtés de Magali. Ça ne se fait pas !

Jeanne voit Magali se refermer, dépérir à vue d'œil, bleuir malgré l'oxygène qu'elle reçoit.

Le deuxième soir, Jeanne essaie de créer une ambiance plus calme. Elle met du chant grégorien, tamise les lumières et commence à masser doucement Magali avec Florence.

Reine continue de parler, en arrière-fond, et à remuer la vaisselle.

Au bout d'un moment, Reine laisse tout en plan et rappelle soudain que c'est l'heure des gorgées d'eau de Magali. Elle augmente l'intensité des lumières et s'approche du lit de Magali avec le petit bol et la cuillère.

En regardant Reine s'avancer vers elle, Magali pousse alors l'un de ses cris gutturaux saisissants.

Reine en laisse tomber la cuillère et le bol.

Magali, l'œil furibond, demande aussitôt à Jeanne le tableau de communication.

— Papier écris. Reine va-t'en ! Donne.

Jeanne écrit le message de Magali à sa mère et le lui donne.

Chapitre 38

Reine-Aimée se sent rejetée, incomprise. Elle pleure en hoquetant.

Pour prouver à Magali qu'elle reconnaît ses erreurs passées, que ce n'étaient pas que des mots, elle a laissé son mari, elle a renoncé à sa vie aisée, à son avenir assuré.

Depuis qu'elles sont à l'atelier, elle a juste voulu que les choses se passent bien pour Magali. Elle pensait être utile. Il fallait bien que quelqu'un prenne en main la vie courante. Jeanne s'occupe des soins, mais Florence ne semble avoir aucun sens pratique.

Magali décide d'avoir un entretien sérieux avec sa mère.

Elle demande à Jeanne, qui manie beaucoup plus rapidement le tableau de communication que Reine, de leur servir d'intermédiaire.

Florence est trop en colère contre Reine pour assumer ce rôle d'interprète ou même pour assister à l'affrontement. Elle sort.

Magali essaie d'abord de respirer plus calmement. De laisser un peu de silence entrer en elle.

Reine-Aimée et Jeanne attendent qu'elle soit prête.

Magali ne commence pas par des mots. Quand elle ouvre les paupières, elle pose longuement son regard sur sa mère. La colère l'a quittée. Une tristesse profonde l'a envahie.

Lorsqu'elle demande à Jeanne de faire glisser son doigt sur le tableau, elle ne s'adresse pas à Reine. C'est Reine-bien-Aimée qu'elle cherche à rejoindre à travers tout le brouillard épais qui les sépare.

— Maman.

Reine-Aimée met aussitôt sa main sur sa bouche, pour étouffer un sanglot, puis elle couvre la main de Magali de la sienne.

Silence.

— Pardon, Magali, pardon.

Long silence.

Reine-Aimée commence ensuite à parler, sans apitoiement, à voix basse mais de façon suffisamment audible pour que Magali comprenne ce qui se passe en elle.

Pendant cette première journée, elle a perdu la tête, elle le voit bien, maintenant. Elle est entrée dans une agitation frénétique.

Elle est intimidée de se retrouver avec Magali, qu'elle connaît si peu, au fond.

Et elle a honte de toute la distance qu'elle a laissée s'installer entre elles. Elle a l'impression que le fossé est si profond qu'elles n'arriveront pas à se rejoindre, malgré toute leur bonne volonté.

L'univers de Magali, son atelier, ses amies, lui sont tellement étrangers. Elle ne sait pas trop où est sa place dans tout cela. Ni ce qu'elle doit faire.

L'atelier même lui fait peur, avec tous ces personnages présents partout. Comme si elles n'étaient pas seules, toutes les quatre, mais qu'il y avait tous ces êtres avec elles, presque vivants, qui lui parlent sans cesse de Magali, de ce qu'elle a vécu, senti, pensé, pendant toutes ces années d'éloignement.

Cette femme penchée au-dessus du lit où elle a essayé de dormir l'a dérangée toute la nuit.

De plus, les manifestions de tendresse, d'amour et de connivence entre Florence et Magali la mettent mal à l'aise.

Et cela l'attriste de voir que Jeanne, une inconnue il y a à peine quelques mois, comprend beaucoup mieux Magali qu'elle, connaît ses besoins, ses désirs, même sans le tableau de communication.

Ce qui est arrivé au cours des dernières semaines lui a fait voir à quel point sa vie est un échec, sur tous les plans, un gigantesque mensonge. Elle a passé vingt-cinq ans de sa vie avec un homme qui a abusé de sa fille lorsque cette dernière était adolescente, et elle a fermé les yeux. Elle a choisi de se taire et de faire semblant par peur de se retrouver seule à nouveau, comme lorsque son premier mari était mort.

Pendant ce temps, sa fille se transformait lentement en cette femme ligotée, là-bas, au fond de l'atelier, dont elle ne peut supporter la vue, qui la rend malade, la déchire, parce qu'elle sait bien qu'elle y est pour quelque chose, même si rien ne peut être prouvé.

Il y a tant de peine mais surtout tant d'amour dans la voix et le regard de Reine-Aimée que Magali a l'impression que sa mère est en train de renaître, sous ses yeux, de renouer avec ce qu'elle est, profondément, et qu'elle a renié en même temps qu'elle l'a reniée, elle, Magali.

Lorsque Florence revient à l'atelier, les lumières sont de nouveau tamisées et tout est silence.

Jeanne dort par terre, là où elle a choisi de s'installer, parmi des petites filles qui jouent à la marelle. L'une d'elles va bientôt entrer dans le ciel.

Reine-Aimée est penchée un peu en avant et, de sa main gauche, elle caresse doucement le front de son enfant malade.

— Florence est revenue, Magali. Je vais vous laisser seules et je vais aller dormir. Bonne nuit, mon ange.

Chapitre 39

À l'aide du palan, la femme captive a été déplacée et déposée au pied du lit de Magali.

Avec des cisailles et des pinces, Reine-Aimée, Florence et Jeanne coupent le fil de fer qui l'enserre et lui transperce la chair. C'est un travail difficile. Leurs mains sont en sang, malgré les gants. Mais rien ne les arrêtera.

Jeanne ne comprend pas comment Magali est parvenue à resserrer si étroitement le barbelé sur ce corps. Il fallait une force presque inhumaine pour y arriver.

Chaque petit morceau de métal arraché est une victoire.

Jeanne est montée sur un escabeau. Elle a d'abord dégagé le visage. Reine-Aimée a sorti le cœur de son étau. Florence a libéré le ventre.

Magali se repose, les yeux fermés. Elle n'a pas besoin de regarder. Elle écoute le claquement sec des lames qui sectionnent les liens qui l'asphyxient.

Chapitre 40

Reine-Aimée chante avec Florence et Jeanne. Elle caresse Loup, couché sur ses genoux.

Depuis quelques jours, il a entrepris de la conquérir. Il la suit partout, se frôle à ses jambes, s'installe confortablement sur elle lorsqu'elle s'assoit et se met alors à ronronner de contentement. Elle est touchée par cet amour tenace qui est venu à bout de ses résistances.

À la demande de Magali, Florence et Jeanne sont allées chercher un immense sapin qu'elles décorent de façon insolite. Elles s'amusent à presser des tubes de peinture et à déposer des amas de couleurs vives ici et là sur les branches. Magali en respire le parfum grisant.

Avant, elles ont fait neiger sur l'arbre tous les copeaux de bois qu'elles ont trouvés dans l'atelier.

Elles y ont suspendu les statuettes et les minuscules tableaux qu'elles ont trouvés dans la réserve où Magali avait entassé ses œuvres d'avant Florence.

Magali a fermé les yeux. Elle se laisse bercer par ces chants de Noël qu'elle a tant aimés, petite, mais qu'elle a tant détestés par la suite.

Elle s'éloigne doucement, apaisée.

Tout a eu lieu.

Plus rien ne manque.

Elle peut enfin partir.

Épilogue

L a toile est achevée sur le grand chevalet.
Le soleil s'est levé dans l'aube ensanglantée, jetant sur la plaine son éclat doré.

Les quatre femmes ont quitté le premier plan.

Elles marchent vers l'horizon sur une route bordée de grands champs d'épis blonds. On ne les voit plus que de dos, longues silhouettes se détachant dans la lumière du matin.

Quand elles atteignent le carrefour, plus loin, chacune s'engage dans la direction qui est la sienne.

Pourtant, à cause de la distance et de la perspective, au lieu de s'éloigner, on dirait qu'elles se rapprochent. Se touchent. Se fondent peu à peu.

Les livres suivants ont fourni à l'auteure des renseignements précieux sur les questions médicales et sur l'aide humanitaire internationale :

La chair et le couteau, de Richard Selzer
Marie, de Georges Renault
Médecins et grands patrons, de Antoine Hess
L'île en noir et blanc, de Oliver Sacks
Les fractures de l'âme, de Fabrice Dutot et Louise L. Lambricks
Guide d'intervention clinique en soins palliatifs, de Geneviève Léveillé et la Maison Michel-Sarrazin
Entre le rire et les larmes, d'Élizabeth Carrier
Un rêve pour la vie, biographie de Lucille Teasdale et Piero Corti, de Michel Arseneault